100日後、きみのいない春が来る。

miNato

角川文庫
23937

目次

第一章　明日、きみと

「どこで描くー？」

「外は寒いから却下だよね」

「つーか、スケッチとかマジだりぃ」

授業中なのにもかかわらず、美術室内はざわざわと騒がしい。好きな場所で自由にスケッチしてもいいという先生からのお許しが出たことで、仲良しグループが集まり、あちこちで井戸端会議が繰り広げられているせいだ。

「俺、絵なんてうまくねーよ」

「それより腹減ったぁ」

やる気がなく雑談を始める男子たちの横で、窓枠に手をかけ景色を見おろす。

四階建ての校舎の三階、特別棟の突き当たりにあるこの美術室からは、普段教室からは見えない中庭を見ることができた。

イチョウの木が左右対称に植えられ、等間隔にベンチが置かれているだけのどこにでもあるような風景。それでも見慣れないせいなのか、どこか新鮮に映ってしまう。

私はスケッチブックを抱え、鉛筆と消しゴムをブレザーのポケットに入れて後ろのドアからそっと美術室を抜け出した。

別に孤独が好きだというわけではなく、ひとりの時間が好きだというだけ。大勢でやると集中できないし、そもそも騒ぐのがあまり得意ではない。静かにひっそりと、周りの目を気にすることなく自分のペースでやりたいタイプなのだ。だから、ひとりになるとホッとする。

この葉月《はづき》高校は一学年十クラスもあって県内でも規模が大きめの高校だ。そのせいで校舎が特別棟を含めて三つもある。それにもかかわらず、休み時間や昼休みは生徒が集中する場所が決まっているからなのか、どこに行っても人、人、人。静かで落ち着く空間がこの高校にはほとんどないと思っていたけれど、この特別棟にはクラス用の教室がないためか、廊下を歩いていても人の気配がしなかった。

化学実験室と生物室、物置きになっている教室の半分ほどの大きさの準備室の前を通ってメイン校舎へと繋《つな》がる中央階段へ向かう。古びた校舎の窓枠がガタガタと音を立て、冷気が足元から上がってきた。

今日は朝から曇り空で、室内にいても身震いするほど寒い。

描く場所と構図を決めるまでの制限時間は三十分、もたもたしていたら時間はあっという間にすぎてしまうだろう。行くあてもなければ、何を描くのかも定まっていない。

上にいくか下にいくか。

数秒間だけ悩んだあと、私は屋上にいくことにした。特に理由はない、無理やりこじつけるとすれば屋上から中庭を見おろしてみたくなった、それだけだ。

階段を踏むとリノリウムの白い床がキュッと鳴る。一段一段踏みしめながら歩き、屋上の扉の前にたどり着いた。

ところどころ錆《さ》びて土色になった鉄製のドアを開けると、一瞬にして体が凍りそうなほどの冷たい風が吹き抜けた。身を縮めて風がすぎるのを待つ。

周りに遮るものがないせいで直撃だ。言うまでもなく寒すぎる。体の芯《しん》から震え上がり、手にしているスケッチブックを落としそうになった。

そのときふと遠くからわずかな衣擦《きぬず》れの音と、人の気配がしたような気がした。

スカートがはためくのを片手で押さえながら、視線を周囲に巡らせる。

そしてある一点で私の動きが止まった。

十二月上旬のこんな季節に屋上にいる人なんていないだろうと思っていた。厳しい寒さの中私と同じような人が他にもいるなんて、どんな物好きなんだ。

距離にすれば三十メートルほどで、生徒の安全を守るための措置がなされていない特別棟の屋上。学ランの後ろ姿からは男子だとわかった。

身長百五十五センチの私の腰の高さしかない縁《へり》の上にその人が立っているのが見えて、ヒヤリとしてしまう。

ただ景色が見たいだけなら、そんな危険な場所にわざわざ立たなくてもいいはずだ。それにそこから落ちればただでは済まないだろう。

ちょっと待ってよ、まさか……。

いやいや、いくらなんでもちがうよね。

近づくと後ろ姿がはっきり見えるようになった。立っているだけなのに存在感があって、オーラというか洗練された雰囲気に惹《ひ》きつけられる。そんな彼の後ろ姿だけで誰なのかがわかってしまった。

背筋をピンと伸ばしながらまっすぐに前を見据えるその人の顔は見えないので、どんな表情をしているのかはわからない。学ランの上からでもわかるほどの引き締まった体はサッカーをしていた賜物《たまもの》だろう。

容姿やスタイルだけではなく、成績や運動神経だって全てにおいて完璧《かんぺき》で非の打ち所がない。

平凡でいわゆるザ普通な私とは何もかもがちがう。

そんな彼は、同じクラスの梶《かじ》千《ち》冬《ふゆ》くん。名前からしても華があってピッタリだなと思う。色素の薄い茶髪の髪の毛一本一本から、足のつま先まですべてが完璧に計算され尽くして造られたようなそんな存在。

心臓の奥がキュッと縮こまる感覚がして、緊張なのか不安なのかわからない動悸《どうき》が次第に大きくなっていく。

強い向かい風が吹いた瞬間、後ろへ一歩彼が小さく後ずさりした。

「あ」

蚊の鳴くような小さな私の声が風の中に溶けて消える。

そのままゆっくり振り返った彼の瞳《ひとみ》が私をとらえ、ハッとしたように大きく見開かれた。

しっかりと鼻筋の通ったきれいな顔立ちで、ひとことで表すなら美男子と表現するのが一番しっくりくる。

正面、横、斜め、どの角度からでも文句なしに整っていて、一度目が合うと吸い寄せられるようにそこから離せない。

ポケットに両手を突っ込んだかと思うと、彼は体ごとこちらを向いた。

「なに？」

「えと、いや、あの……っ」

急に話しかけられたせいで、声にならず変な動きをしてしまう。だってまさか、こんなところに彼が、千冬くんがいるなんて思わないんだもん。

しかもそんなところに立って、いったいなにをしていたというの。聞くに聞けず、口を噤《つぐ》む。

いつの間にか灰色の雲の隙間《すきま》から晴れ間が覗《のぞ》き、彼の周りだけスポットライトが当たっていた。煌々《こうこう》と眩《まぶ》しくて、そこだけがまるで冬の陽だまりのような特別な場所に思える。

「よっ、と」

目の前の千冬くんはふわりとした動作で軽やかに地面に着地した。向かい合わせに立つと、さっきよりも距離が近くなっていることに気づいてパニックになり、無意識に一歩後ろへ退く。

「飛び降りるとでも思ったのかよ？」

そんな私の胸中なんて知る由もない千冬くんは、一歩ずつゆっくり距離を詰めてくる。動きのひとつひとつまでにも意識せずにはいられない。それほど私の中の彼は特別なものだから。

「だ、だって、そんなところに立ってるから」

「景色を見てただけだっつーの」

「え？」

景色？

あわあわする私を見て、千冬くんはほんの少しだけ口角を持ち上げた。

「飛び降りるわけないだろ」

なんだ、そっか。

思い過ごしだったことに心の中で安堵《あんど》の息を吐く。千冬くんとは同じクラスで偶然にも隣の席。よく話すどころか挨拶《あいさつ》を交わすような仲でさえないけれど、ただのクラスメイト以上にはお互いのことを知っている幼なじみという関係だ。

幼稚園からなので、かれこれ十年以上知っていることになる。

「なんか、話すの久しぶりだな」

そう言われて戸惑いながらも頷《うなず》いてみせる。見られていると思うと落ち着かなくてそわそわした。

「屋上から見た中庭の絵を描こうと思ってさ。けど、振り返ったらいるからびっくりした」

「驚かせてごめん」

「別にそういうつもりで言ってねーよ。二人きりなのが久しぶりでつい声かけたけど、スケッチしにきたんだろ？」

「うん」と当たり障りのない返事をし、鼓動を落ち着かせることだけに集中する。どうしてこうも反応してしまうのか、さっきからバクバクと心臓がうるさい。

千冬くんは地面に置いたスケッチブックを拾い上げ、さっきまで立っていた縁へと腰をおろした。

その瞳はもう私に向けられてはいなくて、何も描かれていない真っ白なページを見ていた。

長いまつ毛が伏せられ、そこに陰影ができると私はまたその横顔に釘付《くぎづ》けになる。影までもが美しいだなんて、そんなのは反則だ。

「なに突っ立ってんの？」

「へっ？」

「ボーッとしてたら時間がなくなるぞ」

ぶっきらぼうなもの言いは、もともとの彼の性格のせいなのか、はたまた私のことが嫌いだからなのか。きっとそのどちらも。千冬くんによく思われていないというわかりきったことをまた突きつけられて、ズーンと胸が重くなっていく。

なんでもないふりをしながら少しだけ距離を空けて並んで座り、スケッチブックを開いて鉛筆を握った。

この時間と、あと数回の授業のスケッチは下絵用のもので、その後の授業ではアクリル絵の具を使ってキャンバスに描き写すことになっている。描くものは自由で何を描いてもいいらしい。

今日中に仕上げなきゃいけないわけではないので焦りはなく、風景を見たって何も思い浮かばない。

「描かないんだ？」

片足を上げて半分だけこちらに向いていた千冬くんの背中が、私を振り返る。

「描きたいと思えなくて」

「ふーん」

千冬くんはさほど興味がなさそうにそれ以降は黙ってしまった。こんな状況になって動揺しているのはきっと私だけ。

まともに話すのは中学二年生の冬以来だから、ちょうど二年ぶりだ。

もともと目立つタイプだったけどこの二年の間に千冬くんは見違えるほどカッコよくなった。一番大きな変化は身長が十センチ以上も伸びたこと。それからぐんぐん男らしくなって、みるみるうちに子どもっぽさが抜けていった。生まれ持った抜群の容姿と相まって、中学のときは『クール王子』とひそかに女子の間で囁《ささや》かれていたほど。

女子からの注目を集めていただけでなく『天才サッカー少年』として男子や先生、地元の人たちからも一目置かれる存在だった。ただ当の本人は騒がれるのが嫌だったのか、女子に対しては無愛想で近寄りがたい雰囲気を放って寄せつけず、真横できゃあきゃあ言われていても知らんぷりをするような冷酷ぶり。男子とはわりと広く浅く打ち解けていたものの、女子とは必要最低限の関わりしかしてこなかった。

それでも幼なじみというのは特別だったらしく、中二の冬まで私と千冬くんは用がなくても世間話をしたり、タイミングが合えば一緒に帰ったり、今思えば信じられないような、もっとも近い場所にいた。腐れ縁というやつだ。だけどそれは中二の冬までの話で、何年も積み上げてきた関係は一瞬にしてあっさりと崩れ去った。あれから二年も経つだなんて信じられない。

いつの間にか分厚い雲が晴れて、目の前に青空が広がっていた。ふと顔を上げて千冬くんの背中を見つめる。手を伸ばしても届かない。成長するにつれてすべてが完璧に近くなっていく千冬くんと、中身がなくなっていく私。

変わっていくのを真横で見てきたから、千冬くんがどれだけすごいのかひしひしと感じさせられる。

スケッチブックに向かってシャッシャッシャッと小気味よく鉛筆を走らせる音を、私は真っ白な自分のスケッチブックと向き合いながら聞いていた。

遠くなっていく千冬くんの背中を、いつだって私は見ていることしかできなかった。

ため息が出そうになったとき、いきなり千冬くんが立ち上がった。

「あっ」

その瞬間、千冬くんの手からスケッチブックが滑り落ち、ほぼ無意識に私の目も地面に持っていかれる。

そこに描かれてあるものを見て、まばたきを繰り返した。

えーっと、これは。

中庭をモデルにした風景画なのだろう、ベンチと木、校舎と思われるものが描かれている。だけど全部が同じ大きさで横並びのせいかバランスが悪く見える。

木の幹は複数の線でそれらしく描かれているものの、枝が細い一本の直線だけで、これもまた不格好。よくよく見ると冬なのに枝の先には葉っぱらしきものまである。

いや、花？　判断に迷うところだ。

申し訳ないけれどお世辞にもうまいとはいえない絵だ。

「笑いたきゃ笑えよ」

「いや、えと、あの」

失礼だとは思いながらも、口元が自然とゆるんでしまう。バレないように手で覆ったけれど遅かったようだ。

「てめ、ほんとに笑いやがって」

「だ、だって、千冬くんが笑えって。それにこれは花？　葉っぱ？」

しまった、つい癖で名前で呼んでしまった。緊張と不安が入り交じり、どうにも落ち着かない。

「遠慮するとこだろ、普通は。お世辞でもうまいとかいえないのかよ」

ムッと唇を尖《とが》らせ、スネるようにプイと顔を背ける千冬くん。名前のことはまったく気にしていないようで、私はホッと胸を撫《な》で下ろす。

「これは桜だよ、桜。それっぽく描けてんだろ」

「桜……？　まだ咲いてないけど」それに中庭の木はイチョウだよ？」

「いいだろ、桜の方が雰囲気があって。

いや、そもそもスケッチだし。見たままのものを描くから風景画なのではと思うけれど、自由すぎる。

「それにしても変わってないね」

「変わってない？」

「勉強も運動もできるのに、絵が苦手だったこと今思い出した」

くくっと再び笑いそうになるのを口元に力を入れてこらえる。

「犬かと思えばクマだし、ダチョウかと思えばアヒルだったよね。面白い絵ばっか見せられた記憶がある」

「お前……っ」

「ごめんごめん」

とっさに浮かべた愛想笑いと謝罪の言葉も千冬くんには通用しない。

「ふんっ……バーカ」

そう悪態をつくと千冬くんはスケッチブックを拾い、振り返らずにそのまま屋上をあとにする。

私はそこから動けなくて、見えなくなっていく千冬くんの背中をいつまでもぼんやり眺めつづけた。

たった数分だけの出来事で会話なんてほとんどなかったけれど、一連のやり取りに懐かしさがこみ上げた。それと同時に湧き起こる寂しさ。偶然にしろ久しぶりに話せたことで変に胸が高鳴っている。

「あれ？」

終了五分前になり、私もようやく屋上を離れようとしたときだった。さっきまで千冬くんが座っていた場所に小さな鍵《かぎ》が落ちているのを見つけた。自転車の鍵かな？

千冬くんのスケッチブックにばかり目がいって気づかなかった。

すぐに失くしたことに気づくかもしれないけど、見つからなかったら困るよね。ただ普通に『落ちてたよ』と言って渡せばいいだけのこと。それなのにこんなにも躊躇《ちゅうちょ》してしまうのは、みんなが見ている前で千冬くんに話しかけにくいから。自信がなくて臆病《おくびょう》者の私はどんな時も人の目を気にしてばかり。迷いながらも私はその鍵をブレザーのポケットに入れて美術室に戻ったのだった。

千冬くんは常に男友達に囲まれていて、特別騒ぐタイプではないけれど天性のものなのか人柄なのか彼の周りには自然と人が寄ってくる。一人になるタイミングがなくて、なかなか声をかけられない。様子を窺《うかが》っているうちに帰りのホームルームが終わり、ぞろぞろとクラスメイトたちが教室を出ていった。

隣の席の千冬くんは男友達と何やら話していて、席を立つ様子はない。もしかするとまだ鍵を失くしたことに気づいていないのかもしれない。

学校の忘れものコーナーに届けようかとも思ったけれど、落とし主の見当がついて近くにいるのに本人に返却しないのも変だという結論に至った。隣の席なんだから返せばいいじゃないか。すごく簡単なことなのに、それすらできないなんて意気地なしな自分に自己嫌悪感が拭《ぬぐ》えない。いつだって私は自分に自信がなくて、嫌われてるんじゃないかと思ったらそれ以上踏み込めなくなってしまう。て、みんなにいい顔をしてヘラヘラと笑っている。『優等生』といえば聞こえがいいけれど、そんないいものではない。

教室では鍵を返すことを諦《あきら》め、私は駐輪場に移動することにした。

物陰からひっそり駐輪場を気にしている私はいかにも不審者だろう。

「へえ、それでどこまでクリアしたの？」

「まだレベル十五ぐらいだよ。課金できねーもん」

「はっは、だっせ」

聞き覚えのある声がしてそっと顔を覗かせる。そこにはマフラーを巻いた千冬くんと、小学校からの男友達の久住純《くすみじゅん》の姿があった。

久住くんは千冬くんとは正反対の性格で、どんなときでもテンションが高く、声が大きいせいかどこにいてもよく目立つ。黒髪の爽《さわ》やか系男子なのに、中身と合っていないから『残念王子』なんてひそかに言われているのを聞いたことがある。

「あれ？　風里《ふうり》ちゃんじゃん。どーしたのー？」

人懐っこい笑みでひらひらと手を振られ、ドキリとする。

「久しぶりだねー、こんなところで誰か待ってるの？」

相変わらず久住くんは距離が近い。物理的にもだけど、こうやってプライベートにズカズカ入り込んでこようとするところも。だから誰とでもすぐに仲良くなれるのだろうけれど、あいにく私にそこまでの器用さはないため、いつもあたふたしてしまう。

「あ、わかった。千冬を待ってたんだ？」

「へっ⁉」

「はっは、図星だった？」

ニヤッとからかうような笑みを見て、素直に反応した自分に後悔する。

「もしかして告白とか？」

千冬くんの前で変なことを言うのはやめてほしい。金魚みたいにパクパクと口を動かし、声にならない声を出す。まともに千冬くんの顔が見られなくなって、私はそっとうつむいた。

「なにバカなこと言ってんだお前は」

「えー、だってさ、もしそうなら面白いじゃん」

「はぁ？」

もうこれ以上この空間にいたくない。一刻も早く立ち去りたい。私はブレザーのポケットに手を入れて鍵を握った。

「こ、これ屋上に落ちてた。ただ返したかっただけだから。じゃあね！」

顔を上げられず、強引に胸に鍵を突きつけた。

「うお」と小さく声をあげた千冬くんが鍵を受け取ったのを確認してから、私は震える手で自分の自転車の鍵を解除し、大急ぎでペダルを漕《こ》いで学校を出た。

思いっきり踏み込みスピードを出す。心臓がバクバクを通り越して、ドックンドックンと激しく脈打っている。今日は塾なので帰る方向が同じじゃなくてよかった。千冬くんを前にするとこんなふうに冷静じゃいられなくなってしまう。

出会いは幼稚園のとき。

住んでる場所も同じマンションの棟ちがいで、ちょうど真ん中の位置にある桜《さくら》が峰《みね》公園の広場で二人で遊んだ。

特に印象として残っているのは、彼はいつもサッカーボールを離さず、真冬でも半《はん》袖《そで》で外を駆け回っているようなやんちゃな子どもだったということ。

外で遊ぶよりも室内でお絵かきをしている方が好きだった私は、千冬くんと遊ぶようになってから外遊びの楽しさを覚えた。一緒にサッカーをしたり、みんなで鬼ごっこをしたり、とにかく走り回っていた記憶しかない。無邪気な子どもだったときは、千冬くんといるといつもとても楽しかった。

小学生になって名門のサッカークラブチームに所属した千冬くんは、めきめきと頭角を現しはじめ、天才的な才能を発揮するようになった。

学年が上がるにつれてだんだんと有名になり、中学二年生では都の選抜メンバーに抜擢《ばってき》されるほどの実力を身につけた。チームの要《かなめ》であるエースストライカーという肩書きと、完璧に整った容姿が噂となって単独でサッカー雑誌や地元の新聞に載ったこともある。

千冬くんが試合に出場して活躍するたびに、応援席のギャラリーの女の子たちの数が増えていった。私はその姿をひとり、隅っこから見つめていた。中学生になってから告白されている場面にも何度か出くわしたことがある。それでも一度も彼女ができたという噂は聞いたことがなかった。真面目で曲がったことが大嫌い。好きなことはとことん突き詰めてやらなきゃ気が済まない完璧主義な性格。サッカーに関してはストイックに血の滲《にじ》むような努力をしてきたのを知ってるから、千冬くんの活躍は純粋に嬉《うれ》しかったし、心から応援もしていた。

けれど千冬くんは中学三年生の部活引退のタイミングで、スパッとサッカーをやめてしまったらしい。らしいというのも、本人から直接聞いたわけではなく風の噂で知っただけ。

やめた理由はわからないけれど、それを聞けるほど今の私たちの関係は深くはなくて。今は千冬くんがすごく遠い。

私たちの関係に変化があったのはちょうど二年前の中二の冬だった。

『これ梶くんに渡してくれないかな？』

なんでも任されやすく、お願いされると多少の無理をしてでも引き受けてきた私はある日、同じクラスの女子、松野《まつの》さんから千冬くん宛の手紙を託された。小さなハートがちりばめられた淡いピンク色の封筒を差し出され、何事かと目を見張る。

『恥ずかしくてとてもじゃないけど自分から渡せないから……。受け取ってくれなかったらやっぱりヘコむし、小山内《おさない》さんから渡してよ』

これにはさすがの私も戸惑いを隠せなかった。他人からの手紙を千冬くんに渡すこと、それを私が渡すことでどう思われるか、きっと千冬くんはいい顔をしないはずだ、逆の立場だったら私は嫌だもん。ぐるぐるとした葛藤《かっとう》が駆け巡り、引き受けるのを躊躇《ためら》ったけれど、断るとクラスでの自分の立場が危うくなる気がしてできなかった。

『小山内さんって幼なじみってだけで梶くんと仲良いもんね。身近に梶くんと話せる人がいてくれてよかった』

震える手で千冬くん宛の手紙を受け取った。何が書いてあるかなんて考えなくてもわかった。いわゆるラブレターというやつだろう。

どうして引き受けてしまったのかと悔やまれる。だけどあとで悔やんだってもう遅い。本人に突き返すわけにはいかず、千冬くんに渡さないわけにもいかなくて、私は放課後誰もいなくなった教室に彼を呼び出して手紙を渡した。

『なにこれ？』

『えっと、手紙。松野さんから……』

怪訝《けげん》そうに眉《まゆ》をひそめてまじまじと手紙を見ていたかと思うと、私の言葉にピクリと反応した千冬くんの鋭い目がこちらを向いた。

『千冬くんに、渡してくれって……頼まれて』

空気が重く淀《よど》んでいくのがわかった。

『なんだ、それ。お前からだけはそういうの受け取りたくなかった。誰にでもいい顔しすぎだろ』

短いため息のあとに吐き出された淡々とした声。

千冬くんが初めて私を『お前』と呼び、冷たい目で射貫くような空気が凍る感覚は、今でも忘れられない。何も言い返せずに黙ったままの私を置いて千冬くんは立ち去った。手紙を受け取ってもらえず、呆然《ぼうぜん》と立ち尽くす私ははたから見たらあまりにも滑《こっ》稽《けい》だったことだろう。

それでも私は千冬くんがいい顔をするはずがないとわかっていても、受け取ってくれないとは思わなかった。あんなに冷たい瞳を向けられるなんて予想もしていなかった。自惚《うぬぼ》れていたんだと思う。それからどう接していいかわからなくなり、避けるようになってしまった。預かった手紙は松野さんに返したけれど、ギクシャクした関係は変わらないまま気づけば二年の月日が流れて、千冬くんと話すこともなくなっていた。

次の授業は数学の先生に急な用事が入ったらしく自習になった。五枚のプリントをやらなければならず、黙々と机に向かう。けれど意識は隣の席の千冬くんに向いていた。目だけを動かして横顔を見つめる。

クールでツンとした表情は真剣そのもの。

「風里ってば相変わらず真面目ちゃんだね。提出は次の授業でいいんだから、今やる必要なんかないのに」

二つ前の席から、佐伯《さえき》るいがきてそばに立った。サボる気満々でスマホを握っている。手を止め、るいの顔を見上げながらあははと笑う。

「そうだよね」

「だよだよー！」

るいは入学式で隣の席だったからというだけで私に声をかけてくれて、それから何気なく一緒にいるようになった友達だ。

「あたしだったら学校なんかで絶対したくなーい。家でテレビ観ながらダラダラやる方がはかどるなぁ」

茶色い髪の毛先を指でいじりながらるいがつぶやく。

るいはファンデーションにピンク色のチークを薄塗りし、目元にはアイラインと、派手過ぎないマスカラ、そして口元には透明のグロス。ナチュラルメイクが一番可愛い！　と豪語し、休み時間にファッション誌を見ながらどこそこのブランドのあれが可愛いとか、これがほしいとか、よく言っているおしゃれで可愛い女の子。

少し強引なところがあるけれど、基本的には明るくて細かいことは気にしない性格だ。

「ほんと優等生だよね。あたしも少しは見習わなきゃいけないのかな」

「あはは」

『優等生』か。

「小山内さーん、終わったらプリント見せてー！」

「あたしもあたしもー！」

自習終了の十分前、後ろの席の女子二人に声をかけられた。寺田《てらだ》さんと紺野《こんの》さんだ。

クラスの女子の中でも目立つ容姿と明るい性格で、みんなの輪の中心になっている。

「こんなのやってられないよね、ほんと。だから見せてもらえると助かるんだけどな」

「うん、いいよ」

優柔不断で頼まれると断れない性格の私は誰にでもいい顔をしてしまう。人に嫌われたくないから、いい子でいたいから。

そんな私は優等生なんかではなく、人間関係が得意じゃないただの臆病者だ。

「自分でやれば？　プリントからテストに出るらしいし、人に頼ってばっかだとあとで泣き見るぞ」

　隣から低い声がした。

「やだもー、梶くんってば真面目すぎるー！」

「テストは頑張るけど、自習なんてだるいじゃん。楽できるところはしなきゃね。助け合いだよ、助け合い。ね、小山内さん」

「う、うん」

　助け合い……？

「ほらほらー、小山内さんは困ってる人をほっとけないタイプなんだよ。いつも断らないんだから。優しいんだもんね？」

「それをわかってて言ってるんなら、強要だろ。助け合いとは言わねーよ」

　誰に対しても物怖《ものお》じせずに意見を言える千冬くんは本当にすごい。さらにそれが正論だからこそ余計に。私には絶対にマネできないもん。

「細かいなぁ、梶くんは。世の中うまく渡ったもん勝ちなんだからいいじゃん」

「悪かったな。まぁ俺には関係ないし」

　勝手にすれば？　とでも言いたげにそっぽを向いて、千冬くんは私に目を向けた。

「お前もなんでも『うん』で済ませるんじゃねーよ」

　蔑《さげす》むようなその瞳に心臓がドクンと脈打つ。曲がったことが大嫌いな千冬くんは、誰にでもいい顔をする私が気に入らないらしい。二年前と同じ瞳で見つめられ、気まずさに耐えられずパッと目を伏せる。

「あーあ、チャイム鳴っちゃったね」

「やっぱり見せてくれなくていいや。なんだかごめんね？」

「え、あ」

寺田さんと紺野さんは私の返事を待たずして、そそくさと席へ戻っていった。どうしよう、感じ悪かったかな。

隣の千冬くんは黙々と手を動かしていて、なんとなくこっちを見ないようにしているのが伝わってくる。

怒ってる？

嫌われたくなくて誰にでもいい顔をしてしまう、余計な波風が立たないように相手に合わせて穏便に済ませようとする、それが私。誰もがみんな、千冬くんみたいに言いたいことを言って正しく生きられるわけじゃない。きれいでまっすぐな千冬くんには理解できないかもしれないけれど。

そう思ったらさらに胸が苦しくなって、私はスカートの上に置いた拳《こぶし》を強く握った。

夜、夕飯前の時間帯に自分の部屋のベッドでぼんやりしていると隣の部屋から物音がした。五歳下の弟、小学五年生の悠里《ゆうり》の部屋からだ。すぐにパタパタとスリッパで駆けてくる足音がして、お母さんの声がした。

「悠里？　大丈夫？」

私もそっと自分の部屋から顔を覗かせる。四十代にしてはいつも身ぎれいにして年齢よりも若く見えるお母さんが、悠里の部屋の前でひどく心配そうな表情を浮かべている。

うちはサラリーマンのお父さんと専業主婦のお母さん、そして小学生の弟のごくごく一般的な四人家族。私が生まれたときにこのマンションに引っ越してきて、今年でちょうど十六年目になるらしい。

都会と呼ぶには拓《ひら》けておらず、田舎と呼ぶには緑が足りない中途半端なこの町で私は育った。

「悠里!?」

お母さんの悲鳴にも似た声に、私も慌てて悠里の部屋へ向かう。

悠里は勉強机の椅子から転げ落ちたのか、苦しそうに床にうずくまり、青白い顔をして浅い呼吸を繰り返していた。そばに寄り添うお母さんの元へ駆け寄り、様子をうかがう。

「お母さん、大丈夫？」

生まれたときから体が弱く、小児喘息《ぜんそく》を患っている悠里は、ちょっとしたことでもすぐに熱を出したり体調を崩したりしやすい。特に冬という寒い季節は喘息には大敵なのでお母さんはいつも神経を尖らせている。いつも以上に悠里の体調を気遣っていたのだろう、ここ最近のお母さんは顔色が悪くて疲労困憊《こんぱい》しているようだった。

……発作だ。

「私吸入薬持ってくるね」

お母さんは目の前の悠里しか見えていないらしく、涙目で名前を呼びつづけた。突然倒れるのは稀《まれ》だけれど、悠里が体調を崩すのはこの時期にはよくあること。慣れといえばそう。焦りはするけどどこか冷静な私がいて、何をどうすればいいのか対処に困ることはない。とにかくこういうときは一番に吸入薬なのだと、熟知している。お母さんも知っているはずだけど、青白い顔の悠里を見て取り乱し、冷静に考えられなくなっているんだろう。

私は廊下の突き当たりにあるリビングの棚から吸入薬を持っていく。

「悠里、しっかりして。お願いよ。ほら早く薬を吸って」

ヒューヒューと喉《のど》が締まるような大きな呼吸をし、だんだんと唇の色が紫色になっていく悠里にお母さんが吸入薬を吸わせる。しばらくすると薬が効いて呼吸が落ち着いてきた。二人掛かりで悠里をベッドへ寝かせると、お母さんはそこでようやく安堵の息を吐き出した。

「よかった。悠里に何かあったらどうしようかと思ったわ……」

声を震わせ涙を流すお母さん。

小柄で華奢《きゃしゃ》な悠里は小学五年生の他の子に比べると体がとても小さくて低学年に見えなくもない。食が細く色白で、男の子なのに女の子みたい。生まれたときからずっとそうで、母乳やミルクをあまり飲まない子だったらしい。悠里が生まれた瞬間から、それまで私に向いていた両親の関心が悠里に移った。見向きもされなくなったといえば言いすぎだけど、両親の目はどんなときも体の弱い悠里に向けられた。熱を出せば夜も寝ずにつきっきりで看病をし、学校から呼び出されればどこにいても何をしてても急いで駆けつける。

『今忙しいからあとにしてちょうだい』『悠里のことで頭がいっぱいなの』『参観日は行けそうにないわ』『わがまま言わないで』いつでも悠里が最優先。

だけど病気なんだから仕方ない。なりたくて病気になったわけじゃないんだもん。私がしっかりしなきゃ。

自分にそう言い聞かせて過ごしているうちに、たいていのことが受け入れられるようになった。

私さえいい子でいればなんの問題もない。それに私がしっかりしていれば両親は

『いい子ね』と褒めてくれる。

「悠里の部屋にいるから、何かあったら声かけてね」

夕飯の仕度途中だったお母さんは、私にあとを託して悠里の部屋に閉じこもった。

こうだと思ったらひとつのことしか見えなくなるのがお母さんの性格で、特に悠里のことになると頭の中が他を受けつけなくなるのを、これまでの経験から知っている。

作りかけのハンバーグのたねがキッチンに置いてあったので、私はそれを丸めてフライパンで焼いてひとりで食べた。

こういうことには慣れっこなので特に気にはしない。だけどなぜか心の中にはいつも冷たい風が吹いている。ハンバーグを噛《か》みしめるたびに胸の奥底から言いようのない気持ちがせり上がり、それは重苦しい塊になって胸にズシンと落ちていく。

食べ終わると食器を片付けて部屋へ戻り机に向かった。自習の時間に終わらなかったプリントを次の授業までに終わらせなければいけないから続きをやらなきゃ。けれど集中できなくて、問題がまったく頭に入ってこない。代わりに浮かんだのはなぜか千冬くんの顔だった。

『なんでも「うん」で済ませるんじゃねーよ』

だって仕方ないよ、嫌われたくないんだもん。

『誰にでもいい顔しすぎだろ』

嫌われることの方がこわいから、余計な波風を立てたくない。学校では目立たず平凡に過ごしたい。

千冬くんに私の気持ちなんてわかるわけがないんだ。わかってくれないことへのほんの少しの寂しさ、悔しさ。たくさんの気持ちがせめぎ合い、心の中でぐるぐると回る。

私は無意識にシャーペンを強く握っていた。


翌朝、早めに起きて着替えを済ませてからリビングを覗いた。暖房がついていないせいで寒々とした空気が肌にまとわりつく。両腕をさすりながらキッチンを覗くものの、案の定、お母さんの姿はない。

悠里は夜中も咳《せき》をしていてひどく苦しそうだった。そんな悠里を心配するお母さんの声が薄い壁を隔てて聞こえて、実はあまり眠れなかったのだ。お母さんも寝ずに悠里のそばにいたんだと思う。昨夜《ゆうべ》は特に冷え込みが厳しくて、毛布と布団をかぶっていても震えるほどだった。

寝不足のせいで頭がボーッとしてまぶたが重い。

お母さんが疲れ切った顔でリビングに現れたのは、十分ほどしてからだった。

「かわいそうに一晩中咳《せ》き込んで……さっき眠ったところよ。悪化するといけないから、目が覚めたら病院に連れていこうと思うの」

「それがいいよ。私にできることがあればしておくから、お母さんまで無理して倒れないでね」

食パンと目玉焼きとレタスを載せたお皿をお母さんの前に差し出す。飲み物はホットコーヒーだ。

「風里は昔からしっかりしてるわね。いただきます」

ホッと息を吐きながらお母さんがコーヒーに口をつける。

「ん、美味《おい》しい。本当にすごいわ、言わなくても完璧にやってくれるんだもの。風里は手がかからなくて大助かりよ」

「えー……、あはは」

私は口角を持ち上げた。ピクピクと頬が引きつりそうになるのを無理やりこらえる。

なんのために私はいい子を演じているんだろう。どこを見てお母さんは私をしっかりしているだなんて言うんだろう。ひとりでなんでもできたら、それはしっかりしていることに繋がるのかな。『手のかからない娘』を望んだのはお母さんだ。だからそうするしかなかった。そうしなきゃお母さんに嫌われる気がしたからだ。

そのせいか私はお母さんが望む娘を演じているだけ。そうしているうちに本当の自分がどうしたいとか、何を考えているかとか、わからなくなってしまった。

家を出る時間になり「いってきます」と言って玄関のドアを開けた瞬間、冷たい風が肌をかすめた。身を縮めながら階段を下りて駐輪場へ向かう。駐輪場所は部屋順で決まっており、二階の部屋に住む私の自転車はわりと手前の方にある。鍵を外してサドルにまたがりペダルを踏み込む。

駐輪場の建物の裏手には、周囲を桜の木に囲まれた桜が峰公園がある。ここを通ると思い出すのはまたしても千冬くんの顔。この公園は千冬くんとよく遊んだこと以外にも、忘れられない思い出がある。

毎年二人で誕生日をお祝いした。千冬くんの誕生日が三月二十日で私の誕生日が四月九日。ちょうど真ん中の三月三十日に、満開の桜の木のしたで『おめでとう』と言い合った思い出。

公園全体をひらひらと舞う桜の花びらがきれいで、二人で見上げる桜は最高の誕生日プレゼントになった。私はお祝いの言葉を真っ先に伝えてくれる千冬くんの笑顔を見るのが好きだった。

千冬くんが私の誕生日を覚えていてくれるだけで笑顔になれた。

クラブチームの練習でどれだけ帰りが遅くなっても、千冬くんは必ずその足で公園にきてくれた。さすがに中学生になるとしなくなったけれど、小学六年生までは毎年欠かさず一緒に祝い合った。

『これやる』

ぶっきらぼうな千冬くんが六年生のときにくれた最初で最後の誕生日プレゼントは、ハーバリウムのキーホルダー。親指サイズのボトルの中に、ピンクや赤の小さな花の素材がオイルと一緒に入っていた。色合いがとてもキュートで私好み。これを千冬くんが私のために選んで買ったのかと思うと、言いようのない嬉しさが込み上げた。

『ありがとう！　嬉しい……！』

今でもそのときの千冬くんの照れくさそうな笑顔を思い出すと、胸の奥が疼《うず》く。千冬くんとの思い出すべてが、私にとってはキラキラ眩しくてかけがえのないもの。あのときのキーホルダーは今も大切にしまってある。忘れられない、忘れたくない大切な思い出。

嫌われるとわかっていたのなら、私はあの手紙を受け取らなかっただろうか。過ぎ去ったことを考えても結果は変わらないのだけれど、そんなことばかり浮かんできてしまう。

学校に着いて教室に入ると、寺田さんと紺野さんが待ってましたとばかりに駆けつけてきた。

「小山内さん、プリント全部やった？」

「うん、一応」

「よくよく考えたら、あたし今日数学当たる日でさ。しかも一限目だしってことで、お願い！　見せてくれないかな？」

両手をパチンと顔の前で合わせて懇願されたら、断ることなんてできなかった。いや、普通にお願いされても断れないのだけれど。

「いいよ」と言うと二人はホッとしたように笑った。そしてまだ登校していない千冬くんの席をチラチラ気にしながら大急ぎでプリントの答えを写す作業に取りかかる。

この二人に頼みごとをされるのは昨日今日が初めてではない。用事があるからと言われて掃除当番を代わったり、購買にいくついでに飲み物を買ってきてと頼まれたり、ノートや宿題を見せてとお願いされたり。

「千冬ー、はよー！」

クラスの男子が登校してきた千冬くんに声をかける。

「おう」

何も悪いことなんてしていないはずなのに、内心ビクッとしてしまった。千冬くんがくると教室の中が一瞬で別世界に変わるこの感覚を、私はもうずっと前から知っている。

「おはよ」

前を向いたままでいると隣から視線を感じた。考えなくてもわかる、千冬くんだ。

横を見ると目が合ってしまった。もしかして、私に言った？　まっすぐにこっちを見てるし、きっとそうだ。

しどろもどろしているうちに、千冬くんは男友達に呼ばれてたちまち席を立った。鼓動が大きく跳ねている。ああ、どうして返事ができなかったんだろう。どうして私はいつもそうなんだろう。驚きが先にくるとパニックになって冷静な判断ができなくなる。挨拶もまともに返せないやつなのかと、また千冬くんを幻滅させたかもしれない。

けれどやっぱり自分から声をかけるのは躊躇われて、予鈴が鳴って席に戻ってきた千冬くんに何も言うことができなかった。

一限目が終わり、次の授業が音楽なのでるいと一緒に教室を出た。特別棟と繋がっている渡り廊下は隙間風が入ってきてとても冷えている。

「毎日ほんと寒いよね」

「そうだね」

いつものようにるいの言葉に相槌《あいづち》を打ちながら歩いていると、後ろからバタバタと足音がした。

「小山内さーん！」

寺田さんと紺野さんだ。

どうやら二人は私を捜していたようで、大きく息を切らしながら私の前に立った。何かをお願いするときとはちがって、不満げな表情を浮かべている。

「さっきのプリント！　答えがまちがってるとかありえないよ。おかげでみんなの前で恥かいちゃったじゃんか」

冗談っぽくだけれど寺田さんが頬を膨らませた。その横で紺野さんが同意するように頷いている。

「超恥ずかしかったんだからね！」

「え、あ」

プリントやノートを見せる前に必ず『まちがってるかもしれないけど』と言って渡すようにしている。『いいよいいよ』と言って受け取る彼女たちの言葉もしっかり聞いた。うむむ、それなのに私が悪いのかな。いや、でもまちがっていたのは事実だし。ここはとりあえず謝っておいた方が丸く収まるよね。

「あの、ごめ……」

「あー、さっきの問題難しかったよね。あたしもまちがっちゃったんだ。っていうか、大半の人がそうだったんじゃない？　あんなのがテストに出たら大変だよ。次はちゃんと自分の力で解けるようにしなきゃね？」

私が謝るよりも先にるいが二人の前に躍り出た。

うっと言葉を詰まらせる二人。私は何も言えずおろおろしてしまう。

「他人任せじゃ、ほんとにテストで泣きを見るよ?」

口調は柔らかいけど、るいは真顔だった。

「べ、別に本気で言ったわけじゃないし?」

「そうだよ、それなのにそんなにマジになって言い返してこないでよ」

さっきまでの強気な態度から一変、バツが悪そうにスッと目をそらす二人。

「ねぇ、もういこっ」

「うん」

来たときと同じく、二人は慌ただしく廊下を駆けていった。

「ごめんね。るいに迷惑かけちゃって」

「んーん、全然。普通なら『プリント見せてくれてありがとう』って感謝されてもいいわけじゃん? だから、ああいう理不尽なのが許せないんだよね。風里が文句言われる筋合いはないと思う」

るいはしかめっ面で答えた。

波風が立たないように何でも頷いてヘラヘラ笑っていればいい、という考えの私とは大ちがいだ。

さらに二人を責めるのではなく、私を守ってくれようとするその気持ちにグッときた。

「風里も風里で、さっき謝ろうとしたでしょ？　だめだよ、ちゃんと言わなきゃ」

「……うん、ごめん」

「別に謝ることじゃないよ。ま、風里が言えないのもわかるし。あたしも……前はそうだったから」

そう言って顔を伏せたるいに、どことなく影が差した気がした。何かあるのかな。あったとしても、るいが私にそれを話すことはないだろうけど……。だから私も深く聞いたりはせず、一定の距離を保ったるいとの関係にはどこか壁があるように思う。ふとしたときにそれがとてつもなく寂しいことのように思えて落ち込んでしまう。本当はもっと仲良くなりたいのに、嫌われるのが怖くて踏み込むことができない。

るいは私のために怒ってくれたのに……。

もしも私がなんでもズバズバ言える性格だったら、ここまで悩むことはなかったのかもしれない。ちゃんと自分を持っていたら誰かに何かを頼まれることもないのかもしれない。るいとだってもっと仲良くなれて、寺田さんや紺野さんともうまく付き合えて、千冬くんにも幻滅されることはなかったかもしれない。

ちがう自分になりたい、空っぽでつまらない自分を脱ぎ捨てたい。

小山内風里という存在を捨てて別の誰かになってみたい。

そしたらきっと、今より生きやすくなるはずだ。もがくほどに苦しくて身動きができなくなる。

翌週の美術の時間、足は自然と屋上に向いていた。リノリウムの床を鳴らしながら一歩一歩踏みしめるように歩く。

重い鉄の扉を開けると、ほのかに青い冬の空が視界いっぱいに広がった。肌を刺す風は驚くほど冷たいのに、不思議と寒さを感じない。あたりを見回し、いるかどうかもわからない人の姿を無意識に捜してしまう。

あ……。そこには千冬くんがいた。

今日も一人でこの前と同じ場所に座っている。

私は迷いながらも、千冬くんから離れたところに座ってスケッチブックを開いた。ちらりと彼の横顔を盗み見ると、質感の良さそうな茶色い髪が風に吹かれて揺れていた。遠くをぼんやり眺めていたかと思えば、視線を手元のスケッチブックに落として鉛筆を動かしている。

ただそこに座っているだけでも十分絵になるような光景。

学ランの上からでもわかるほど引き締まった体と、骨ばったゴツゴツとした手は私が知ってる千冬くんのものではない。

男らしく成長した姿につい見惚《みと》れてしまいそうになり、慌てて視線をスケッチブックに戻して鉛筆を握った。集中しようとしてみても千冬くんが気になってスケッチどころじゃない。

誰にでもいい顔をしてヘラヘラ笑っている私のことをまだ怒っているのかな。

それとも呆《あき》れてる？

鉛筆を握る手がピクリとも動かず、時間だけが過ぎていく。

今の私には表現できるものが何もなくて、例えば自分のこだわりだったり、何を描きたいかという好みだったり、そういう自分を形作るものが一切ない。こんな自分をつまらない人間だなと思う。この真っ白なページはまるで今の空っぽの私みたいだ。

「まだ白紙？」

いきなり声をかけられて、肩がビクンと跳ね上がった。

いつの間に近くにいたんだろう、まったく気配を感じなかった。

「なにをそんなにビビッてんだよ」

小さく噴き出すように笑われて、ひとりだけ動揺しているのが恥ずかしくなる。それに話しかけられて驚いた。

怒ってないんだ……？

「なんだよ、人の顔じっと見て」

「な、何でもないよ。千冬くんはもう描けたの？」

できるだけ冷静にそう問いかける。

「ああ、うん。ほら」

頼んでもいないのにスケッチブックを開いて私に見せた。

「わぁ、前よりマシになったね」

私の言葉に千冬くんの眉が怪訝そうに寄せられる。

しまった、つい本音が出ちゃった。

「ふうの絵と比べると全然だけどな」

「え……？」

「中三のときコンクールで金賞とってたよな。あの絵見たんだ」

うそ……。

だってそんなの信じられない。絵のこともだけど、それ以上に昔みたいに『ふう』と呼んでくれたのが。小山内風里で、ふう。たったそれだけのことで、胸の奥がなんだかとてもむず痒《がゆ》くてざわざわした。

「描きたいと思えないって、具体的にどういうこと？」

いきなり話題を振られて首を傾げる私に千冬くんは続ける。

「前にそう言ってただろ」

絵のことだよね？

「そのままの意味だよ。描きたいものが何もないんだ。空っぽなの、私」

「昔は好きだったじゃん、絵を描くこと。それなのに空っぽって。なんかあった？」

私だって描けるものなら描きたい。授業だから無理にでもやらなきゃいけないのもわかってる。でもそれができない。何も思い浮かばない。

「……何も、ないよ」

前だけを見て歩いている千冬くんに、私の気持ちなんて理解できるはずがない。努力しながら欲しいものを手に入れて、私にないものをなんでも持ってる。望めばなんだって手に入れることができる千冬くんには、手に入れたくてもそこに手を伸ばせないでいる人の気持ちなんて、絶対にわからない。

「だからさ、千冬くんもコンクールの絵のことは……もう忘れて？」

そう言うと、私はスケッチブックを閉じて屋上から立ち去った。

その日の放課後、ぼんやりしながら家とは反対方向の駅前へと自転車を走らせた。ペダルを漕ぐ足も気持ちも、どんどん重くなっていく。火曜と金曜の週二日だけ塾通いをしている私は、その時間がくるのが憂うつで仕方なかった。頭を使うと疲れる。塾での授業にも正直ついていけてない。本当は学校以外で勉強なんてしたくもないのだ。このままどこか遠くへいってしまいたい。逃げたい。

果てしなくまっすぐ続く道を走りながら、そんなことを考える。

今日はやけに風が冷たいなと思ったらマフラーを忘れたからだった。首をすぼめながら自転車で突き進む。

灰色がかっただだっ広い空を見ていると、なんだかもう全部がどうでもよく思えた。普段なら塾をサボったりしようとは思わないのに今日に限ってはちがった。

久しぶりにコンクールの絵のことを思い出したからだろうか。

忘れたいのにあの日の記憶が蘇《よみがえ》ってくる。それを振り払うようにして自転車を思いっきり走らせ、見知らぬ土地までやってきた。脇目も振らずにただひたすらまっすぐに無我夢中でペダルを漕いでいたら、いつの間にか息が切れてクタクタだった。

マフラーをしていないにもかかわらず、寒さなんてまったく感じない。それどころか、火照《ほて》った体に冷たい風がちょうどいい。

「はぁはぁ」

三十分以上ノンストップで走りつづけた。気づくと隣町まで来ていて土地勘がないせいかキョロキョロしてしまう。賑《にぎ》わっている商店街のアーケードをくぐって、周囲の雑踏に耳を傾ける。ここには私を知る人はひとりもいない。見知らぬ私が紛れ込んでいても誰も見向きもしない。なんの違和感もなく、まるで空気のよう。いなくなっても誰も気に留めたりしないだろう。

商店街を突っ切ってアーケードを抜けると、あたりはすっかり薄暗くなっていた。これから夜がやってこようとしている。例えばこのまま私が夜の闇に消えたとしても、誰にも気づいてもらえないんじゃないかな。

「なんてね」

感傷に浸る自分がバカバカしくなってひとりごちる。どれだけ遠くへきてみても、私は私という存在から逃げられるわけもない。そんなことは最初からわかっている。

何かが変わるわけでもなく、ハンドルを切って元きた道を戻った。

帰りはきたときよりも時間の流れが速く感じ、ずいぶん遠くまできたつもりだったけど、見慣れた景色が見えたときにはこんなものだったのかと落胆した。

桜が峰公園の前を通ったとき、ベンチに座る人影がぼんやり見えて思わず自転車を停める。夜空には少し欠けた歪《いびつ》な形をした月がうっすら浮かんでいる。

その人はベンチに座りながら空を見上げるような格好をしていた。

「千冬、くん？」

かなりの距離があったにもかかわらず、人影がそっとこっちを見たのがわかった。

立ち上がり恐る恐る近づいてくる人影から目を離すことができない。

「ふう？」

名前を呼ばれて千冬くんだと確信した私は信じられない気持ちでいっぱいになる。

もう二年近くこの公園で会うことはなかったのに。

「何やってんだ？」

「え、あ。千冬くんは？」

「散歩」

「そうなんだ」

しっかりと首にマフラーを巻いた千冬くんは、小さく洟《はな》をすすった。夜になったことで風がいっそう冷たくなった気がする。さらには止まったせいなのか余計に寒さを感じて身震いした。吐き出す息が白くゆらゆらと立ち上っては消える。きっと今夜も極寒だろう。

どうしよう、会話が続かない。千冬くんも千冬くんで言葉選びに迷っているようだ。昼間、感じの悪い態度を取ってしまったから気まずい。

「あの、じゃあ、また明日」

そう言って背を向けようとしたとき首元にフワッと何かが巻かれた。

「このクソ寒いのにマフラーしてないとか、ありえないだろ」

驚きで思わず足が止まる。

温《ぬく》もりの正体はさっきまで千冬くんの首に巻かれていたマフラーだった。わずかな温もりと、お日様のようないいにおいがする。

「バカは風邪引かないっていうけど、この寒さはさすがに引くだろ」

「なっ……」

悪態をつきながらも優しい千冬くんに内心ドキッとする。

「私のこと、よく思ってないんじゃないの……？」

悪態をついたり、冷たい目で見てきたり、それなのに突然こんなことをする千冬くんが本気でわからない。

「は？」

歪《ゆが》んだ千冬くんの顔を見てふと我に返る。もしかして、私、今声に出てた……？

「よく思ってないって、なんで？　俺いつそんなこと言った？」

やはりバッチリ声に出ていたらしく、しっかり聞かれていたらしい。一歩距離を詰めてきた千冬くんのまっすぐな目が逃がさないと言っている。

「いや、あの、それは……」

私は千冬くんが巻いてくれたマフラーを無意識にギュッと握った。

手紙のこと、ここで言うべきかな。

でも、またあの目を向けられたらと思うと勇気が出ない。

しどろもどろになっていると、それを察した千冬くんがしばらく目を見開いたあと右側に視線をそらし、蚊の鳴くような小さな声でつぶやいた。

「……じゃない」

「ん？」

よく聞き取れなくて首を傾げると、今度はしっかり視線を合わせてきた。力強い眼《まな》差《ざ》しは、いつもの千冬くんのものだ。その瞳に見つめられるだけで胸が途端にざわつく。

「そんなんじゃないって言ったんだよ」

そんなんじゃ、ない。

「よく思ってないとか、そんなんじゃないから」

何度もそう言われれば、それが千冬くんの本心なんだとわかった。伏目がちにうつむきながら、小さく鼻の頭をかくのは照れているときの彼の癖だ。

「じゃあな」

またもやパニックになりながら、去っていく背中を見つめる。姿が見えなくなっても夜の闇に消えていった千冬くんの残像が目に焼きついて、いつまでも胸の高鳴りが収まることはなかった。

第二章　消えゆく明日

千冬くんに借りたマフラーを返そうと紙袋に入れて持ってきたけれど、なかなか話しかけるタイミングが見つからず、授業中、隣ばかり見ていると目が合ってしまった。

わー、見てたことバレバレ。恥ずかしい。

とっさに目をそらすとクスッと笑われる気配がした。

それ以降照れくさくて話しかけるどころか、意識して千冬くんの顔が見られなくなった。

返そう返そうと思いながらも時間だけが過ぎていった。

昼休み、教室でるいと向かい合いながらいつものようにパンを頬張っていると突然るいが身を乗り出してきた。

「今日の放課後空いてる？　クラスのみんなで遊びにいくんだけど風里も一緒にいこうよ」

「え、私？」

「うん、何気に一緒に遊んだことないよね」

クラスのみんなって、具体的に誰と誰が参加するんだろう。そう思い返事を躊躇《ためら》っていると、察してくれたのかるいが何人かのクラスメイトの名前を挙げた。どうやら男女混合らしく、まだ保留の人もいれば他に何人か声をかけている人もいるようだった。苦手な人は今のところいないけれど、そもそも私は大勢があまり好きではない。それに男子がいるとなるとなんとなく敬遠してしまう。るいは友達が多いからいいけど、私は輪の中にうまく溶け込める自信なんてない。だけどるいの誘いを断って気まずくなるのも嫌だな。せっかく誘ってくれたのに悪いよね。

「もし何か用事があるとかだったら遠慮なく言って？」

「ううん、大丈夫だよ」

「わ、ほんと？　嬉《うれ》しい！」

るいはホッとしたように笑ってくれた。「じゃあ風里は参加決定ね！」と言って、ちがうグループの輪の中へと入っていく。どうやら私の参加報告をしているらしい。

どうしよう、いくって言っちゃったけど大丈夫かな。みんなの中でうまくやれるか、失敗はしないか。そんなことを考えていたら一気に食欲がなくなって、パンを食べる手が止まった。食べかけのパンの袋を閉じて、ため息をこぼす。

午後からの授業は放課後のことが気になって、それどころではなかった。おかげで先生に当てられても答えられず、みんなの前で「しっかり聞いておくように」と呆《あき》れられる始末。いつもなら早く終わってほしいと願う授業も、このまま一生終わらなければいいのになんて、真逆のことを考えたほどだ。それでも無情にも授業は終わり、刻一刻と放課後が近づいてくる。ホームルームが終わり、掃除の時間に突入すると心臓が変にバクバクしはじめた。途中で先生に声をかけられ、あとで職員室に来いと言われてしまった。授業を聞いていなかったからお説教でもされるのだろうか。だけど今の私にはるいやクラスメイトたちといるよりも、よっぽどそっちの方が安心できる。

　先生に呼び出されたことをるいに伝えると『玄関で待ってるよ』と言ってくれたけど、私のためにわざわざ待たせるのは申し訳なさすぎて全力で遠慮した。

「駅前のカラオケにいるから、来る前に連絡してね」

「うん、ごめんね」

　るいたちとは教室でわかれ、ノロノロと職員室へ向かう。できれば先生の話が長引いてほしい。

「う、いた……」

　職員室に向かう途中で胃の痛みを感じた。右脇腹がキュッと縮まって、次に胃がキリキリと痛んだ。冷や汗が浮かんで、あまりの痛さに壁に手をつく。

　ああ、どうしてこんな大事なときに。キャパを超えるストレスがかかると、私は小さい頃からよく胃が痛くなる性質だった。ここしばらくは大丈夫だったのに、今日は想像以上に負担がかかっていたらしい。

「ううっ」

　周期的な痛みが襲ってきてそこから動けなくなった。しばらくすれば治まるのを知っているから、今はじっと我慢するしかない。るいとの約束があるのに困るよ。早くいかなきゃ、早く。焦れば焦るほど胃がキュ－ッと締めつけられて痛みが増していく。ピークを迎えると、痛みを和らげるために折り曲げた体が前のめりに倒れそうになった。

「っと、大丈夫か？」

　透き通るような心地いい声と一緒に誰かの腕が伸びてきた。落とした視線の先には『梶』と名前が記された上履きが見える。千冬くんだ。

「だ、大丈夫、だよ」

　つい手のひらで胃をさすろうとすると、偶然にもその手が千冬くんの指先に触れてしまった。びっくりして思わず引っ込める。たった一瞬のことでどうしてこんなに意識しちゃってるの。

　そんな私に千冬くんは眉根《まゆね》を寄せた。

「全然そんな顔してねーじゃん。ゆっくりでいいから歩けるか？」

冷静なフリをしてコクリと小さく頷《うなず》くと、千冬くんは私の手を引いて保健室へと連れていった。さっきから意識が手にばかり集中する。

千冬くんの手がものすごく熱い。冬でも体温が高くて暑がりの千冬くんだなと、こんなときなのに思ってしまう。

「なんだよ、先生いねーじゃん。とりあえず横になれ。休んだらすぐに治るだろ」

「う、ううん、大丈夫。私、約束があるから、いかなきゃ」

「そんな状態でいけるわけないだろ」

寝てろと言って千冬くんは私の鞄《かばん》を持ってくれた。

こうなったら千冬くんは頑固なので、その通りにするまで譲らないだろう。少しだけ休んだらすぐに治るのもよく知っていてくれて、ずるいなぁと思う。言葉は乱暴なのに、優しいから私は何も言えなくなってしまった。

渋々ベッドに入るとなぜか千冬くんはそばにあったパイプ椅子に腰かけた。そしてじっと私を見おろす。

「寒くないか？」

「うん。帰らないの？」

こんな状態じゃ休まるものも休まらないよ。むしろ余計体に悪い気がする。

「俺が帰ったら無理にでもいこうとするだろ。だから見張っとく。先生呼んできてほしいならそうするけど」

「だ、大丈夫だよ」

「強がるなって」

　全部見透かしてそうな千冬くんの目が嫌だ。それが伝わったのか「何年一緒にいると思ってるんだよ」と鼻で笑われてしまった。

観念した私はるいとの約束を諦《あきら》め、スマホで断りのメッセージを送った。するとすぐに既読がついて返信がきた。『了解です！ 大丈夫かな？ 無理しないでね、お大事に』メッセージの次に泣き顔のスタンプが送られてきた。いかなくて済んだことにホッとしたけれど、明日もう一度ちゃんと謝らなきゃ。

「だいたい倒れるほどいくのが嫌なら、最初から断ればいいんだよ」

大方教室でのやり取りを聞いていたのだろう。正論を言われてぐうの音も出ない。

「どうせ断れなくていくっつったんだろうけど、それで体壊してたら意味ないだろ」

弱ってるんだから、少しくらい優しい言葉をかけてくれたっていいじゃないか。そこまで落ち着いた様子で諭されたら、親に叱られた子どものようにしゅんとしてしまう。

「そりゃ千冬くんはサッカーやってて攻めるのも守るのも上手で、昔から注目されることが多かったから……誰にどう思われようと気にならないのかもしれないけど」

布団を鼻の下まで持ち上げて唇を強く噛《か》む。まっすぐな千冬くんの目を見ていられず横へ視線をそらした。

「……私は気になるんだよ」

「それサッカー関係あるか？」

「あるよ」

「ふーん」

興味のなさそうな返事だった。

まともに相手をするのが嫌になって私は寝返りを打った。そしてそっと目を閉じる。シンとした空気も、鼻をつく消毒液のにおいも今は気にならない。背中に感じる千冬くんの息遣いだけに全神経が集中していた。

それ以降千冬くんが声をかけてくることはなく、三十分ほど横になったところで胃の痛みはすっかり治まった。

そしてごく自然に二人で保健室を出る。一階の廊下の突き当たりにある保健室から職員室までは、廊下を直進して最初の角を右に曲がればすぐだ。グラウンドの方から聞こえてくる声はサッカー部だろうか、掛け声をあげながら外周を走っている。

「ちょっと職員室に寄るから先に帰っていいよ」

千冬くんにそう告げてから背を向ける。生徒玄関は逆方向だからここでおわかれだ。

いつまでも一緒にいたら、とてもじゃないけど落ち着かない。

千冬くんの返事も聞かずに私は職員室の扉をノックした。そして目だけで先生を捜す。

先生は職員室の扉から一番近い席にいた。

「どうしたんだ小山内」

「え、あの、さっき呼び出されて」

「あー、そうだったな。だめだぞ、ちゃんと授業を聞かないと」

「は、はい、すみません」

先生は呼び出したのを忘れていたらしく、最後には職員会議があるとのことで私はすぐに解放された。

ホッとしながら職員室を出ると、生徒玄関で靴を履き替え駐輪場へ向かう。

「千冬、くん？」

「どうせ同じマンションだろ。今さら別々に帰るって、おかしくね？」

もう帰っているだろうと思っていたから、私は面食らった。

「ほら帰ろうぜ」

千冬くんがこんなふうに言うなんて。だって今まで二年間も話さなかったのに。って、私が避けていたせいもあるけれど。待っていてくれたなんて信じられない。

「ぼさっとしてたら置いてくぞ」

「ま、待って……！」

自転車で前を走り出した千冬くんを私も自分の自転車に乗って追いかける。結局断りきれなくて、千冬くんの思惑通りに動いてしまう自分が情けない。

桜が峰公園の前までくると千冬くんが急ブレーキをかけた。急に止まるものだから、慌ててブレーキをかける。

「悪い、大丈夫か？」

「……なんとか。どうしたの？」

「もうすっかり冬だなって。葉っぱが一枚もない桜の木って、見てて寂しいよな」

「う、うん、そうだね」

「春になったら満開の桜が見られるって、今の状態見てたらとてもじゃないけど信じられないよな」

しみじみとした声でつぶやく千冬くんの横顔は、なんだかとても意味深だった。

「だね」

そう返事をすると、千冬くんは広場の中へと自転車で入っていった。私もそんな千冬くんのあとに続く。

昨日は暗かったけれど、今日はまだ明るくてところどころに日が射しこんでいる。

枝だけの桜の木は寒々としていて、見ているだけでこっちまで寒くなった。

広場の端っこに自転車を停め、小学生がボールを蹴《け》って遊ぶのを眺めながら周辺を歩く。

ちらりと見上げた千冬くんの横顔は目を見張るほど整っていて、私は慌てて前を向いた。

「そういえばふうは桜が散るたびに落ち込んでたよな」

遠い小学生のときの思い出を懐かしむように千冬くんがクスクス笑う声がした。

「雨が降った次の日には水たまりに浮かぶ花びらをすくって、よく嘆いてたな」

「だって桜っていつもすぐに散っちゃうんだもん。きれいだからもっと長く咲いててほしいのにさ」

「よっぽど桜が好きなんだと思ったわ」

「それは千冬くんもでしょ。『今年もありがとう、また来年』ってよく言ってたよね」

「は、おま、そんなことまで覚えてんなよ」

恥ずかしそうに鼻の下をこする千冬くんを見て思わず頬がゆるむ。

「あはは」

「忘れろ、そんなことは」

なんだか昔に戻ったみたい。千冬くんの前でだけは私はいつも素でいられたような気がする。そんなことにさえも、今になって気づかされるなんて。

忘れないよ、ううん、忘れられないよ。だって私はそう言いながら優しい眼差《まなざ》しで桜の木を見上げる千冬くんの顔が好きだったんだもん。

それはもちろん、特別な意味の『好き』ではなく、人としてってこと。私が
桜に向かって『ありがとう』とか言えちゃう優しい心の持ち主。私が桜を好きだと桜を好きだと知って、ハーバリウムのキーホルダーまでプレゼントしてくれるような。

「来年も見れるかな」

「え……？」

眉を下げた寂しげな顔は千冬くんには似合わない。こんなふうに笑う顔を初めて見た。なぜか変な意味で鼓動が高鳴る。

思い出に浸る気持ちは一気にどこかに吹き飛んで、その代わりに不安が胸に押し寄せた。

「千冬くん？」

「あ、いや、なんでもない」

取り繕って笑う瞳《ひとみ》の奥の黒眼が小さく小刻みに揺れている。いったいなんだというんだろう。なんでもないふうには見えないけれど、これ以上何も聞いてくれるなと言わんばかりに目をそらされたので、もう何も言えなかった。

「寒くなってきたな」

「あ、そうだ。マフラー返すの忘れてた！」

ああ、どうして自転車に乗る前に気づかなかったんだろう。ちゃんと鞄の中にしまっておいたのに。

私は今日はしっかり自分のマフラーをしてきたから寒くはない。慌てて鞄から千冬くんに借りたマフラーを取り出す。

「寒かったよね？　借りっぱなしでごめん」

「いいよ、大丈夫。俺暑がりだし」

「えー、でも寒くなってきたってさっき。ほんとにごめんね」

「そんなに言うなら、ふうが俺の首に巻いてよ」

えっ⁉

一瞬空耳かと思った。私が巻きやすいように屈《かが》んで視線を合わせてくる千冬くんを見るまでは。

「ほら寒いだろ」

「な、なに言ってんのっ……」

それどころか、真正面からまじまじ見つめながら目で早くと催促までしてくる。

瞬《まばた》きすらできずに固まっていると、ついに折れた千冬くんが私の手を取り、私の手とマフラーを自分の首元へ持っていく。これじゃあまるで抱きついているみたい。

触れたところが熱を帯びて焼け焦げそう。ここまで大胆な千冬くんを私は知らない。この二年の間に何があったというんだ。キャパオーバー、理解不能、頭が真っ白になるってきっとこういうこと。呼吸すらままならなくて、目を背けてやり過ごすのに精いっぱいだった。

千冬くんはもしかしたらこういうことに慣れてるの？

それとも私をからかっているだけ？

恥ずかしいとか思わないのかな。どちらかというとクールで、こういうことをしないキャラだと思っていた。

「いきなりだけどさ」

「ん？」

「俺、ふう……が好きだよ」

途中で強い風が吹いて聞き取れなかった。またしても固まった私を見て千冬くんが小さく噴き出す。

「ふうの絵が好きだよ」

「え、あ」

なんだ……絵か。そうだ、当たり前だよ。千冬くんが私を好きだなんてあるはずがない。わかっていても一瞬息が止まりかけた。言い直したところを見ると千冬くんも私が勘違いしたことを察したらしい。クスクス笑われて恥ずかしい以外のなにものでもない。わざとらしい咳払《せきばら》いをひとつして、そんな千冬くんに向き直る。

「なんで突然そんなこと言うの」

「ふうが描いた絵をもう一度見たいから、かな」

そう言われて言葉に詰まった。

「小学校の教室の隅っこで楽しそうに絵ばっか描いてるふうを見て、どんだけ好きなんだって思ってた」

絵を描くことは純粋に好きだった。なぜかと聞かれても、得意だったからとしか言いようがない。最初のきっかけは絵を褒められたか何かだったような気がする。でも。

「もう……描けないの。描きたく、ないの」

「なんで？」

「それは……」

「理由があるなら話してみろよ」

黙り込む私に、優しく声をかけてくれる千冬くん。

「なんだか前と少し変わったね。そんなこと言ったことないのに。最近になって突然話しかけてきたりしてさ」

小学生の頃、日が沈んでも桜が峰公園から帰ろうとしない私に、千冬くんはよく付き合ってくれた。遅く帰ることでお母さんから心配してもらえるかもしれないという期待。今考えると浅はかだったなと思う。

私がなぜ家に帰りたがらないのか、千冬くんが理由を聞いてくることはなかった。何も言わずに、ただ黙ってそばにいてくれた。私の気が済むまで付き合ってくれた。理由を聞かれていたら、きっと私は何も言わずに逃げだしていただろう。

「あのとき話しかけときゃよかったって後悔したくないんだよ。話したくないって言うならそれもありだし、俺もしつこく聞いたりしない。でももし、話したいと思って強がってるだけなら、俺のひとことで話そうって気になるかもしれないじゃん」

千冬くんらしい考えだなと思った。まさかそんなふうに考えていたなんて。

全部とまではいかないけど、心のうちを見抜かれていると思っていた。言わなくても私の気持ちをわかってくれているんじゃないかって、そんなはずはないのに。

「とまぁ、ふと思ったわけだけど」

千冬くんはわざとらしく目をそらした。

「どうでもいいヤツが相手ならここまで言わねーよ」

そして小さな声で投げやりに嘆く。でもそれは恥ずかしさを隠すためなのだとすぐにわかった。そっぽを向いた千冬くんの頬がかすかに赤く染まっていたからだ。

どうしてここまで言ってくれるのか、私は千冬くんにとって『どうでもいいヤツ』ではないのか。私と話さないことで千冬くんが後悔する理由も謎だ。

視線を落として地面を見つめる。隣で砂を踏む音がするたびに、何か言わなきゃと思ってそわそわする。

でも言えるわけがない。

絵を描くこと、それは私にとって唯一の特技だった。物心がついたときからひとり黙々と描くのが好きで、アニメのキャラクターや動物、ありとあらゆるものを見様見真似でスケッチブックに描いた。五歳の頃の宝ものはクレヨンと色鉛筆。小学生でアクリル絵の具にハマって、それを使って色塗りをしたり、水彩絵の具のように薄く延ばしてきれいな柄のような模様を画用紙いっぱいに描いたりと、自己流の創作が楽しくて仕方なかった。

中学で美術部に入部し、キャンバスに本格的な風景画を描くようになった。色を塗り重ねていく作業に心が躍り、次は何色にしようかと授業中にまで悩み考えていたほど。毎日のように美術室に通い、最終下校時刻ギリギリまで作業をした。絵を描いていれば時間を忘れられたし、何よりも言葉で表現するのが苦手な私にとって描くことが唯一の表現方法だった。特別な悩みがあるわけではなかったけれど、キャンバスにすべてをぶつけることで淀《よど》んだ心がスッキリ軽くなった。

そんな中学三年生の夏、私の描いた絵が先生の推薦で全国規模の大きなコンクールに送られることになった。

自分が満足できる絵を描いてはいたものの、自分の絵をうまいと思ったことは一度もない。

コンクールに参加できただけでもいい経験になったと思っていたけれど、一ヵ月ほど経ってその絵が金賞を受賞したと聞いたときはすぐには信じられなかった。まるで実感がなくて夢でも見ているかのようなふわふわとした浮遊感に包まれた。じわじわ、じわじわ、時間が経ってそれが本当なんだと思えたときには感極まって泣いてしまった。

全校生徒の前で表彰され、美術部の顧問の先生や部員のみんなも喜んでくれた。それなのに……。

『絵なんて将来なんの役にも立たないじゃない！』

お母さんだけはそんな私を否定した。予想だにしない反応に何を言われているのか言葉の意味を理解できなくて、眉の吊《つ》り上がったお母さんの顔をただ呆然《ぼうぜん》と眺めていた。

ナンノヤクニモタタナイ……ナンノ、ヤクニモ。

私はただ自分の絵が認められたことが嬉しかっただけなのに。無意味だと、いらない人間だと言われたような気がした。

それ以来描こうとするとお母さんの顔が浮かんで筆を持つ手が震えた。

私から絵を取ったら何も残らないのに描けなくなってしまった。

それだけが唯一自分を表現できるものだったのに、とうとう何もなくなってしまった。

今でも心に黒い影を落としたままの消えない出来事。屋上で鉛筆を握った時、浮かんだのは眉の吊り上がったお母さんの顔だった。

ザクザクと地面を強く踏んで前に出る。勢いよく後ろを振り返ると、千冬くんは「うわ」と驚きの声をあげた。

「なんだよ、急に立ち止まって」

「私は大丈夫」

突然のことに、え？　と困惑する千冬くんに言葉を続ける。

「大丈夫だから、ね？」

そこまで気にかけてもらわなくても大丈夫。伝わったのか、しばらくしてから千冬くんが「そっか」と感情の読めない小さな声でつぶやいた。

風が吹いて木々がざわざわと揺れる。この分じゃ夜はかなり冷え込むだろうなと思いながら、私はゆっくり空を仰いだ。肩を震わせた千冬くんも同じように上を向く。

だんだんと日が落ちて、空が青からオレンジ色に変わろうとしていた。


「あっ、ねぇあの子じゃない？」

「ほんとだ！　思ったより地味……」

「しーっ、それ言っちゃ失礼だって！」

朝、廊下を歩いているとなぜだか妙な違和感があった。たくさんの視線を感じて周囲を見回す。

隣のクラスの女子二人組があからさまに私を見てヒソヒソと何かを言っていた。

「っていうか、ぶっちゃけふつーの子だね」

「ねー、名前聞いてもパッと顔が浮かばなかったもん」

「わかるー！」

教室の窓から顔を出してわざとらしく私を見ている人までいて、だんだん居たたまれなくなってくる。

明らかに私のことで何か言われている。いったい、何なんだろう。その答えは教室に着いて、るいに向けられたスマホの画面を見てわかった。

「これなんだけど」

そこに映っていたのは私と千冬くんだった。昨日桜が峰公園でマフラーを返したときに、私が千冬くんの首に抱きついているような格好になっているきわどい画像だ。普段無愛想な千冬くんが口元に優しい笑みを湛《たた》えていて、対する私は困惑顔。画像だけを見ればカップルだと勘違いされてもおかしくはない。

それよりも、いつ誰に撮られたの？

どうしてるいがこの画像を？

「SNS見てたらリツイートで流れてきたんだよね」

教室の中からも無数の視線を感じる。みんなが知っているということか、それにしてもいったい誰が。

『中学のときから怪しかったよね』『サッカーバカも男だった』『男イケメンなのに女フツー』『不釣り合いな2人』リプライに根も葉もないことが書かれていて私はまた目を疑う。アカウントは裏アカなのか、アイコンは初期設定のままで誰が拡散したのかはわからない。

ただ投稿した時のつぶやきに『だから手紙渡さなかったのか。あの時嫌そうな顔してたなそういえば』と書いてあった。

まさか松野、さん……？

でもそれだけで決めつけるのはどうなの。だけど思い当たる節が多すぎる。

手紙を渡してほしいとお願いされた以降なんの接点もなかったけれど、何となく気まずいまま中学三年生ではクラスが別になった。中学を卒業し、高校は別々になり連絡先すら知らない。やっぱり恨まれていたんだろうか。明らかに悪意あふれる投稿だ。

「昨日は具合が悪いから保健室で寝てたんだよね？」

るいに疑いの眼差しを向けられ、さらにはあからさまではないものの、クラスメイトたちがこぞって聞き耳を立てているのがわかった。

「ウソ、だったんだ？」

「そ……それ、は」

ちがう、ウソなんかじゃない。そう言いたいのに声を出そうとしてもかすかな空気が出るだけだった。喉元《のどもと》まで、すぐそこまで出かかっているのに、何も言えずだんだんとるいの顔が強張《こわば》っていくのを見ていることしかできない。

今ここで私が何を言っても言い訳にしか聞こえない気がして、信じてもらえないいんじゃないかと思ったらサーッと顔から血の気が引いていった。

「そんなヘタなウソつかなくても、梶くんと会うならそう言ってくれればよかったのに。誘ったの嫌だったかな？　無理やり参加させようとしてごめんね」

「ち……」

ちがう、そうじゃないんだってば。

るいは悲しげに目を伏せ、自分の席へと戻っていく。今日朝一番に会ったら昨日のことをちゃんと謝ろうと思っていた。勝手に画像を投稿されたことはもちろん腹立たしいけれど、それ以上にるいを失望させたかもしれないと思うと胸の奥の深いところがキリキリと痛んだ。

「ねぇ小山内さん！　どういうことか聞いてもいい？」

「梶くんと仲良いの？」

たちまち複数の女子たちにがっちりと周りを囲まれてしまった。

「梶くんって誰に告白されても全部断ってるらしいじゃん？　それって小山内さんと付き合ってるから？」

「この画像の梶くんめっちゃ笑ってるよね。二人きりだと、こんな顔になるんだ？」

「ギャップ萌《も》えー！」

四方から矢継ぎ早に質問されて、何も答えていないにもかかわらず勝手にきゃあきゃあと盛り上がる女子たち。

「教室では話してる姿なんか見たことねーのに、なーんかやらしい感じだよなぁ」

「公共の場でイチャイチャしすぎじゃないですか？」

しまいには近くにいる男子までもがからかってきた。いつも千冬くんと一緒にいる楢崎《ならさき》くんと菊池《きくち》くんだ。

千冬くんはまだ登校してきておらず、好奇の目が全部私だけに注がれている。こういうとき、どうすれば切り抜けられるのかがわからない。何もないよって、気軽に否定できたらよかったのに。

「あ、千冬ー！　おはぁ」

ざわざわっと教室内にどよめきが起こる。どうやら千冬くんが登校してきたらしい。

「お前、俺らになんも言わねーなんて水くさいにも程があるだろ」

「はぁ？　いきなりなんだよ。つーか、なに？　なんか変な空気だな」

「これだよ、これ。昨日お前何やってたの？」

恐る恐る顔を上げるとスマホの画面を食い入るように見つめる千冬くんがいた。

一瞬だけ険しい顔つきになったあと「くだらねーな」と楢崎くんを鼻で笑いながらこちらに向かって歩いてくる。

「おい、くだらなくなんかないぞ。実際お前に彼女はいるのかって、他のクラスの女子共から聞かれる俺らの身になれっての」

「そうだそうだ。所詮《しょせん》俺らはお前の友達って目でしか見てもらえないんだからな。で、どうなんだよ？　付き合ってんの？　俺、ひそかに小山内のこと可愛いと思ってたんだからなっ」

「はぁ？」

声がだんだんと近づいてきて、クラス中が私たちに注目する。本当にやめてほしい、もう嫌だ、逃げ出したい。みんなの視線から逃れるように私はまた下を向く。

「ちーふーゆー、吐け、吐いちまえ。その方が身のためだぞ」

誰もが千冬くんの返事を期待しているのがわかった。

「うっせーな、だったら悪いかよ。お前らマジでくだらなすぎ」

「うおー、マジかよー！」

きゃあああと女子からは歓声にも似た声があがる。無意識に顔を上げると千冬くんと目が合った。澄んだその瞳はまるで透明なガラス玉のようにきれいで一点の濁りもない。目立つのが嫌いな千冬くんが、誤解されるようなことを堂々とみんなの前で言うなんて信じられなかった。

怒濤《どとう》の質問攻めに私は否定も肯定もできず、ただ笑ってごまかし、休み時間のたびに騒がれて昼休みに入る頃には疲労困憊《こんぱい》していた。

千冬くんはクールで存在感が抜群だけど、まさかこれほどまでに影響力があるとは。

クラスメイトたちがお弁当を広げる中、私はパンと飲み物が入ったコンビニの袋を持って立ち上がった。迷いながらも勝手に足がるいの席まで向かう。るいは私の気配に気づくとハッとして立ち上がり、ランチバッグを抱えて逃げるように教室を飛び出した。

気のせいではなく、あからさまに避けられたのだとわかる。るいには他のクラスに友達がいて、きっとその子のところにいったんだ。

もう嫌われたのかもしれない。そう思うと追いかけることもできず席に戻る気にもなれなくて、私はその足で教室を出た。

噂が全クラスにまで広まったんじゃないかと思うほどの無数の視線が突き刺さって居心地が悪い。歩く先でコソコソと内緒話を繰り広げる女子たちに、ニヤニヤと変な目で見てからかってくる男子たち。誰とも目が合わないようにしていても息が詰まりそうになり、私は逃げ場を求めて特別棟の屋上へ向かった。

今日も一段と冷たい風が吹く屋上。どうやら春はまだまだやって来ないらしい。今はまだ十二月だから当然なのかもしれないけれど。雲ひとつない澄んだ空の下、そこに佇《たたず》む千冬くんの後ろ姿を見つけた。

「いつ私が千冬くんの彼女になったの？」

後ろからこっそり近づき、ヒョイと顔を覗《のぞ》かせる。そんな私に驚いたのか千冬くんは目を真ん丸くした。

「千冬くんがあんなこと言うからみんなの注目の的だよ」

どうしてくれるの。

「いいじゃん、別に。ああ言っとけばそれ以上追及されないだろ。俺もいちいち告白とかされなくなって楽だし」

楽って、何その理由。モテるのが面倒ってこと？

「でもあれじゃ勘違いされちゃうよ……」

その場凌《しの》ぎだったとしても、あれは認めたようなものだろう。実際クラスメイトたちは私たちが付き合っていると思っている。

「勘違い、ね。ならいっそ、真実にする？」

「……え、と、意味が」

何を言っているのかわからない。いや、わかっているけれど理解が追いつかない。

真実にするということは、私たちが付き合うということ？

心臓がキュッと変な音を立てた。

「はは、冗談だし。いちいち本気にしてんなよ」

目を白黒させる私に千冬くんが噴き出した。

「冗談……？」

なんだ、そっか。いや、よく考えたらわかりそうなのに真に受けちゃってバカみたいだ。何でも額面通り真正面から受け取ってしまう癖をどうにかしたい。冗談も通じないヤツだと笑われるのは嫌だ。でもね、その冗談はとてもじゃないけど笑えない。ひとりで勝手に動揺して、振り回されている。そんな冗談が言える千冬くんは、当然ながら私のことなんて何とも思っていないのだろう。別に何か思っていてほしいわけじゃない、全然……そんなんじゃないんだから。

「困るんじゃないの？　私なんかと噂されたら。こういうのって一気に広まるし」

「別にいいよ、言いたいヤツには言わせておけば。どうせみんな興味本位だろうし、真実なんて二の次だろ」

悪びれる様子もなく、あっさりかつきっぱりとそう言い切る千冬くん。その目に迷いは一切ない。

「こっちが必死に真実を語っても、結局みんな自分に都合のいいようにしか解釈しないわけだし。否定したってウソだと言うヤツもいれば、そもそも俺らになんて興味のないヤツもいる。信じてくれるヤツもいるかもだけど、不特定多数を納得させるのって面倒じゃん」

ごもっともだなとは思うけれど勘違いさせる発言をするのもどうなのかな。あの意味深な投稿を見られた時点で、おそらく否定しても信じてもらえないだろうけれどわざわざ誤解を招く言い方をするのはまちがっていると思う。

「自分が大切にしたいヤツだけがちゃんとわかってくれたら、俺はそれでいいと思う」

自分の思いを口にする千冬くんはいつだって迷いがない。だから私がまちがっているのかなという気にさせられて、反論なんてできなくなる。

「まぁ、さっきのは俺もついムキになってああ言ったってのもあるから悪いとは思ってるけど」

「ムキにって、なんで？」

「いや……こっちの話」

ぎこちない動作で頬をかく千冬くんは、さっきまでとちがって自信なさそうなのが見てとれる。

「けど、あいつらには誤解させておく方が都合がいい」

「だから、なんで？」

「ふうはわからなくていいんだよ」

「な、なにそれっ」

まるでわからない私が悪いというように唇を尖《とが》らせる千冬くん。

「大切なヤツにはちゃんと話せばわかってくれるよ」

それは千冬くんがそういう付き合いをしてきたからなのではないかと思う。確かな信頼関係があって、何があっても揺るがない相手だからわかってくれる。上辺だけの付き合いしかしてこなかった私にとって、話せばわかってくれるというのはハードルが高いことのように思えた。

「もうすぐ冬休みだねー！」

「クリスマスが楽しみすぎるんですけど」

「つーか、彼女ほしー。ぼっちクリスマスとかやだわ」

机に伏せてやり過ごしているとあちこちから色んな声が聞こえてきた。話題はクリスマス一色で、冬休みが迫っていることもあってか、みんないつもよりも浮かれている。

「千冬はどうすんだよ、クリスマス」

「どうせ彼女とデートだろ」

「ふん、羨《うらや》ましいか？」

なぜか得意げな千冬くんの声に心臓が跳ねる。

「くそー、ムカつく」

またしても誤解されるような発言に、目だけで彼らの方を向く。千冬くんは二人が悔しがるのを見て満足そうだ。楢崎くんと菊池くんは千冬くんにとって本当のことをわかってほしい相手ではないのか、私との仲を勘違いされたままになっている。その方が都合がいいって何？

私たちが付き合っているという噂は次の日には全校生徒に知れ渡り、一年の階まで先輩たちが覗きにくるという事態にまで発展した。廊下を歩けば後ろ指を指され、目立たないようにしていても注目を浴びてしまう。一週間経ってそれもずいぶん落ち着いたけれど、それでもどこにいても視線を感じた。もういっそのこと早く冬休みになってほしい。そしたら色んな煩わしさから逃げられるのに。

SNSに投稿したのはどうやら松野さんでまちがいないようだった。あのあと気になってずっと投稿を見てたら『松野っち、写真撮るの上手《うま》すぎる』というリプライが目についた。すぐに削除されたけど確証を得るには十分だった。

ガタッと大きな音がして、私の二つ前の席に座るるいが立ち上がったのが見えた。

あれからあからさまに避けられてしまっている。偶然目が合ってもそらされて、昼休みになるとお決まりのようにるいは教室を出ていってしまう。誤解をときたいのに私とは話したくもないのだと痛感させられて、どう声をかけたらいいのかわからない。そもそもちゃんと話を聞いてくれるのか、嫌われたんだとしたら怖くて話しかける勇気がでない。

このまま何もしなければもう友達じゃいられなくなる。

わかってるのに行動に移せない。

ホームルームが終わって担任からの掛け声がかかると、教室内は解放感に包まれた。明日から始まる冬休みに心を躍らせながら帰っていくクラスメイトたちにまざって、るいの背中も消えていく。時間が空けばそれこそ取り返しがつかないのに……。私の意気地なし、臆病《おくびよう》者。足が床に貼りついたみたいにそこから一歩も動かなかった。

「ただいま」

玄関先でお母さんのショートブーツが乱暴に脱ぎ捨てられているのを見て、空気がいつもとちがうような気がした。中でバタバタと慌ただしく動き回っている気配がする。私は自分の部屋へ寄らずにリビングへ顔を出し、お母さんに声をかけた。

「悠里が喘息《ぜんそく》をこじらせて肺炎にかかったの。今日から入院よ」

「えっ？」

そういえば昨日ひどい咳をしていたことを思い出す。ここ数日食欲も落ち、いまいち体調がスッキリしない日が続いていた。だけどそこまで悪化していたなんて。

「大丈夫なの？」

「ええ。今日から付き添うからご飯は適当にしてね。あと洗濯物が干しっぱなしだからお願いしてもいい？　あの子、ひとりだと不安がるからすぐに病院に戻らなきゃ」

「私も何か手伝おうか？」

コートも脱がずにボストンバッグに荷物を詰めるお母さんは、よっぽど悠里が心配なのか必死の形相だ。

悠里が肺炎にかかるのは今回が初めてではない。おそらく入院期間は短くて一週間、長くて一カ月ほどだろう。持病があることからも後者の確率の方が高い。

これまでがそうだったように、お母さんは朝十時から夜八時の面会時間中ずっと病院にいて悠里に付き添うはずだ。泊まり込み不可の病院なので通うしかないらしい。

「何かあったらお父さんに連絡してちょうだい」

「うん、いってらっしゃい」

時間にするとものの五分ほどでお母さんは病院へと戻っていった。普段は生活音がするリビングに静寂が訪れる。大丈夫だとは言ったものの、夜に一人なのはとってもなく心細い。もう高校生なんだから留守番くらいちゃんとできなきゃいけないのに。

シーンとした空気に耐えられず、小さな物音に敏感になり、怖くてお風呂《ふろ》にも入れず、布団にくるまりながらお母さんの帰りを待っていた去年の記憶が蘇《よみがえ》る。玄関の鍵《かぎ》が開く音をまだかまだかと、震えながら待っていた人一倍臆病で怖がりな私。

中学二年生までは母方のおばあちゃんの家が近所にあったので必然的にそこに預けられていたけれど、去年の夏におばあちゃんは叔父《おじ》さん夫婦の家がある隣の県へ引っ越していった。だからもう頼ることはできない。

去年の冬に悠里が入院したときは『風里はしっかりしてるから一人でも大丈夫よね。受験勉強に専念しなさい。静かな方が集中できるでしょ』。そう言われて一人で留守番することになったのだ。

心細くて不安な日々を過ごしたことは今でも忘れられない。でもそれをお母さんには言えなくて平気なフリをしてみせた。悠里のことで疲れきっているお母さんを困らせないために。

「お姉ちゃん、ねぇ、聞いてる？」

「え？　あ、ごめん」

「聞いてなかったんだね？」

「き、聞いてるよ、聞いてる！」

ベッドの上で笑顔を見せてくれる悠里に同じように笑顔を返す。

冬休みが始まった日の翌日、私は悠里のお見舞いに訪れた。

まだ苦しそうな呼吸を繰り返す悠里だけど、笑っているのを見ると少しはよくなっているのだろう。

心配だったので私も悠里の顔を見てホッとした。

「僕のところにもサンタさんくるかな？　今年はゲーム機お願いしたの」

私が五年生の時、サンタさんは実は両親であることに気づいていた。悠里はまだ信じているらしい。純粋で可愛いやつ。

「ふふ、くるわよ。いい子にしてるもの。お母さんは悠里が早くよくなるように祈ってるわ」

悠里が笑うとお母さんも嬉しそうだ。そして私も早く元気になってねと思わずにはいられない。

「また海にもいきたいなぁ。僕が一年生のときにみんなでいったでしょ？　またいきたい」

「ええ、夏になったらね」

二人の楽しそうな会話を聞きながら四年前に家族でいった沖縄の海を思い出す。エメラルドグリーンの海に真っ白なビーチ、輝く太陽と果てしなく広がる青空、夜には視界いっぱいに満天の星が輝いていた。空気もよくて、耳を澄ませば波の音しかしなくて心地がよかった。初めての家族旅行は忘れられない思い出だ。高校生になった今は家族旅行なんてって感じだけれど、また沖縄のあの海にいけるなら考えてもいい。

「ねぇ、そろそろ塾の時間でしょ？」

お母さんが時計を見て言った。

「あー……、うん、帰ろっかな」

「遅れないようにいくのよ？」

「わかってる」

「お姉ちゃん、またね！」

「悠里は横になってなさい。あんまりはしゃぐとまた発作が起こるかもしれないからね」

心配するお母さんの声を聞きながら立ち上がって出入口へ向かう。病室を出てエレベーター待ちをしていると、壁に簡易的な病院の案内図があった。

悠里が入院しているのは大学病院の四階に位置する小児病棟だ。同じ階の隣の病棟は、どうやら難病専門の病棟らしい。この病院には色んな科があり、たくさんの患者が出入りしている。

案内図の横の掲示板には『気をつけよう、その低体温は病気かもしれない！』という注意喚起のポスターが貼ってあった。

低体温が病気？

空っぽのエレベーターに乗り込んで一階へのボタンを押すと音もなく動き出した。

午後の診察が始まろうとしているのか一階の待合室は座る場所がないほどの人であふれている。マスクを着用しているスーツ姿のサラリーマン、寄り添いながら座る高齢の夫婦、身ぎれいにしたＯＬ風のお姉さん、ゴホゴホとひどい咳をする中年太りのおじさん、母親と訪れている高校生くらいの男の子。色んな人がさまざまな理由でここにいるのだろう。殺伐とした慣れない空気に自然と足取りが早くなる。

「千冬くん……？」

私は立ち止まって母親と来ている男の子の背中をまじまじと見つめた。やっぱり千冬くんにまちがいない。どうしてこんなところに？

風邪でも引いたのかな。冬でも元気に走り回っているイメージだったから想像がつかない。というよりも、千冬くんが風邪を引くなんて私が知る限りでは初めてだ。

「千冬くん」

「うわっ」

彼が立ち上がったタイミングで後ろから前に回り込んで声をかけると、千冬くんは大きく目を見開いた。

「な、なんでふうがいるんだよ」

よっぽど驚いたのか、千冬くんは瞬きを何度も繰り返す。

「悠里のお見舞いの帰りだよ。千冬くんは風邪？」

「え……ああ、まぁそんなとこ」

不自然に視線を泳がせながら、なんだか歯切れの悪い返事だった。

「千冬くんでも風邪引いたりするんだね」

そのわりには咳とか鼻水とかの症状はなさそうで、いつもとなんら変わりない姿だけれど。

「どういう意味だよ、それ」

じとっと睨《にら》まれてしまった。さらには頬をつままれ、引っ張られる。

「な、なにしゅんの」

「ふうが失礼なこと言うからだろ」

「もう！」

とっさに千冬くんの手をつかんで離すと、その手がやけに冷たいことに気がついた。

普通は風邪なら熱が出たりして熱くなりそうなものだけど。

「千冬くんの手、冷たいね。なんだか微妙に震えてるし、大丈夫？」

「……気のせいだろ」

気のせいって、そんなはずはない。

だって氷みたいだよ？

まるで血が通っていないみたい。

「じゃあな。気をつけて帰れよ」

私から逃げるようにして千冬くんは後ろ手に手を振り立ち去った。

病院を出ると停留所からバスに乗った。駅に向かう路線のため乗客が多く、席はほとんど埋まっている。私は入口付近に立ってそっと手すりをつかんだ。他にも私みたいに立ち乗りの客が数人。

暗くなる前の時間帯ということもあって小さな子連れの母親や高齢の客の姿が目立つ。

車内は心地いいほど暖房がきいていて、コートを着ていると暑いくらいだった。

それにしてもさっきの千冬くんはなんだか様子がおかしかった。風邪で元気がないだけなのかな。

そんなことを考えているとバスは駅に到着した。これから塾だということで気分は一向に上がらない。それでもサボりつづけるわけにはいかないので、そろそろ顔を出さなきゃ。家に連絡されても困る。

「寒っ！」

マフラーに顔をうずめ体を丸めながら足早に塾の建物へと急いだ。

塾が終わる頃にはあたりは真っ暗で、駅前にとめた自転車にまたがって帰路につく。

駅前ではクリスマスセールをしている店が多く存在し、その一角に白いタイル貼りの可愛い店を見つけた。

自転車をとめ、見入ってしまう。

ショーウィンドウからは店内があらわになり、カラーバリエーションの豊富な円錐《えんすい》状の置物が並んでいた。ハーバリウムをモチーフにした小物や雑貨の専門店らしい。

キーホルダーやボールペン、大中小色んなサイズのハーバリウムが目に鮮やかだ。

店内はほぼ女性客のみ。店員さんと目が合い、にっこり微笑まれた。

千冬くんがくれたハーバリウムのキーホルダーは、ここで買ったものだったりして。

だとするとひとりでこんなに可愛い店に入ったのかな。

想像するとなんだかおかしくて笑えてくる。

照れくさかったよね。恥ずかしかったよね。千冬くんがそこまでして買ってくれたんだと思うと、胸の奥にじわじわと温かい気持ちが染み渡った。

その日の夜、久しぶりに千冬くんからもらったキーホルダーを引き出しから出して眺めた。

小瓶の中の花びらは変わらずきれいに舞っている。

「これを千冬くんがねぇ」

やっぱり何度想像しても笑えてくる。これをくれた日、サッカーのユニフォームのまま走って公園まできてくれた。

練習で疲れていたはずなのにちゃんときてくれた。その時の千冬くんの必死な顔は今でも忘れられない。

そこまでしてくれたキーホルダーを、ずっとしまっておくのも悪いかな。でも壊れたり汚れたりしたら嫌だし、いつまでも大切にとっておきたいんだもん。少し迷ったあと、私はキーホルダーを机の上の見える位置に飾った。

次の日、冬休みの宿題を片付けてしまおうと普段あまり利用しない図書館にいくことにした。

家にいると集中力が途切れてダラダラしてしまうので、自分を奮い立たせる意味も込めて開館時間に合わせて家を出た。

昨日とちがって快晴の空が眩《まぶ》しい。図書館までは少し遠いのでバスを利用する。

停留所に着くとバスはすぐにやってきた。

「ふう？」

「千冬くん？」

思わず同時に声が出た。

なんでこんなところに千冬くんがいるの。そう思ったのは千冬くんも同じだったようで目を大きく見開かせ、ぱちぱちと瞬きを繰り返している。昨日も会ったのに、今日もだなんて偶然にもほどがある。

「どこかいくの？　もう風邪は大丈夫？」

「え……？　ああ、うん」

キョトンとした表情のあと、千冬くんは取り繕うように笑った。昨日も思ったけど、なんだかおかしいような……。

何がって言われるとわからないけど、なんとなくいつもの千冬くんとはちがう。

千冬くんはジーンズに黒のダウンコートといったカジュアルな格好。脇には鞄を抱えていて、明らかにどこかに出かけようとしている。

「どこいくんだよ？」

「図書館に宿題しに。千冬くんは？」

「俺も」

図書館にいくの？

「病み上がりなんだから無理しなくても」

せめて今日くらいは家でゆっくりしててもいいんじゃないの？

千冬くんは頑張りすぎるところがあるから心配だよ。

「大丈夫だよ。それか無理しないようにふうが見張ってろよ」

冗談っぽく笑う千冬くんが、私にはどこか無理をしているように見えた。

バスに揺られながら、隣に座る千冬くんをちらちら見つめる。腕組みしながら目を閉じ、もうずっと寝ている。

寝ててもカッコいいなんて反則だ。それにさっきから千冬くんの腕が私の腕に当たっている。千冬くんは平気なのかもしれないけど、私は落ち着かないよ。

「着いたぞ。降りないのか？」

「……えっ？」

睡魔に襲われまぶたが下がりつつあった時、千冬くんに肩を叩《たた》かれた。

「腕に寄りかかられて重かった」

「わーわー、ごめんっ！」

「はは、冗談だよ」

寝ぼけ眼のままバスを降りると冷たい風が吹き抜けた。夢見心地な気分から一気に現実に引き戻される。

「さ、寒い……」

まさに極寒。隣で千冬くんも震えていた。横顔が少し青ざめている。そこまでかなと思うくらい震えていた。

「大丈夫だから、さっさといくぞ」

先にそう言われてしまっては、もう何も言えない。

「俺、上で資料探すから」

入るなり幅が三メートルもありそうな螺旋《らせん》階段を上がっていこうとする千冬くん。

二階建ての洋館風の建物からは古い歴史が感じられ、床も絨毯《じゅうたん》がしかれた趣のある図書館だ。ほとんどきたことがないから、中の造りがよくわからないしどこにどんな本があるかも知らない。

「わ、私もいく」

二階は広々としたスペースで窓際に沿って長机が置かれていた。外を眺めながら勉強ができるらしい。

朝一だからなのか、それほど人は多くなく快適に宿題ができそうな空間。私は早速荷物を置いて宿題を広げた。

気づけば一時間が経っていた。シャーペンの芯《しん》が折れたタイミングで手が止まり、ふと顔を上げる。

千冬くんは私から離れた席で机に頬杖《ほおづえ》をつき、宿題もせず外を眺めていた。

その横顔はなんだか寂しげだ。

周りの席が全部埋まるほど人も増えてきている。私はそっと立ち上がって千冬くんのそばまできた。椅子を引いて隣に座り、同じように外を眺める。

外は歩道付きの道路になっておりフェンス越しに芝生の風景が広がっていた。どうやらサッカーのグラウンドらしく、きれいに整備されてある。

「あそこって？」

「俺が通ってたサッカークラブのコート」

千冬くんはおもむろにうつむいた。その横顔にはどことなく影が潜んで、暗い雰囲気が漂う。

サッカーをやめたことへの後ろめたさなのか後悔なのか、強く握った千冬くんの拳《こぶし》が小さく震えていた。

「千冬くん……？」

顔を上げずこちらを一切見ようとしない千冬くん。悔しそうに、切なげに、唇に力が込められたのがわかった。

やめたのにまだ未練があるの？

一番気になるのはサッカーをやめた理由。

聞きたいのに言葉が出てこない。

噂によると中学でサッカー部を引退したあとから、クラブチームの方もやめてしまったらしい。将来はプロ入りだという噂もあり、都選抜のメンバーにも選ばれて試合で活躍したりと、サッカー漬けの毎日で忙しくしていたにもかかわらず引退してからはさっぱり話を聞かなくなった。

高校も推薦でサッカーの全国大会優勝候補の名門校にいくもんだとばかり思っていたので、葉月高校の受験会場で千冬くんを見かけたときは驚いたのを覚えている。

私が絵をやめたのと同じように、千冬くんにしかわからない悩みや葛藤《かっとう》があったのかもしれない。期待されるほどに言いしれない孤独や苦しみを背負って、ひとりで堪えていたのかもしれない。でもそれでも私には千冬くんがサッカーをやめるという選択をするのがどうしても理解できなかった。クールに見られがちだけど、もともとの性格が負けず嫌いだということもあり、千冬くんは挫折《ざせつ》してズタズタになればなるほど闘争心を燃やすタイプ。人の何倍も真面目にストイックに練習に取り組んできたその姿を、私は桜が峰公園で幾度となく目にしてきた。

追い込まれれば追い込まれるほど自分に厳しく接し、ボロボロになりながら困難を乗り越えていく。弱音なんて吐かず、前だけを見てボールを蹴っていた。

だからこそ千冬くんは強いし、正義感もそこからきているのではないかと勝手に思っていた。そしてそれは何があっても揺らがない絶対的なもの。漠然と千冬くんはサッカーをしながら生きていく人なのだと子どもながらに思っていた。

何があってもサッカーはやめない。千冬くんのサッカーに対する情熱は誰よりも強かった。

私は変わらない千冬くんでいてほしかった。自分が信じた千冬くんの姿のまま、それを信じさせてほしかった。そんなのは私の身勝手だとわかっている。絶対に変わらないものなんてこの世にはないのだから。それを私は一方的に千冬くんに求めて、信じさせてほしいなんて思い上がりもいいところだ。

結局のところ、私は今の千冬くんをほとんど何も知らない。そのことがとても寂しくて、悔しくて、切なくて、苦しい。

「何かあった？」

こわごわと声をかける。

千冬くんは虚《うつ》ろな目をこちらに向けた。

「外、歩こうぜ」

私の返事も聞かずに立ち上がるとそのまま歩いていってしまった。私も数歩あとから背中を追いかける。

自信なさそうな丸まった背中が見るに堪えない。

図書館の中庭からはフェンス越しに隣のグラウンドが見渡せるようになっていた。

「あのね、千冬くん。何かあるなら言ってね？　私じゃ頼りないかもしれないけど」

千冬くんはただ黙って私の声を聞いていた。

小学生の時、日が沈んだあとの桜が峰公園から帰ろうとしない私のそばについていてくれた。

ひとりで不安だった私にとってそれがどれだけ心強かったか、きっと千冬くんは知らない。だから私も千冬くんの支えになれたらって思う。

「今の千冬くんのこと、もっと知りたいって思うし……それに千冬くん、前に言ってくれたよね？『俺のひとことで話そうって気になるかもしれない』って。あれね、たしかにそうだなって思った。自分から話せなくても『何かあった？』って聞かれて初めて話せることってあるよね。だから、もしも千冬くんが話したいと思ってくれたなら……なんでも話してくれていいからね？」

「……寒い」

ポツリとつぶやかれた声に、私は目を見張った。

「そうだよね、外だし、風もあるし」

「ちがうよ」

「え……？」

「ちがうんだ」

弱々しく、さっきよりもさらにきつく拳を握る千冬くん。

「寒くて寒くて、震えが止まらないんだ……」

「……………？」

「そういう病気なんだよ」

病気……？

思わず耳を疑った。キョトンとする私に千冬くんは言葉を続ける。

「……俺、100日病なんだ……」

ひゃくにち、病……？

なに、それ。

「中三の夏に病院いった時、たまたま発覚してさ。発症しなけりゃ大丈夫だろって思

時間が止まり、周りの音が耳に入らなくなった。

「この前……発症した」

聞いたことのない病名だけが頭をぐるぐる巡っている。どのような病気なのか想像もつかないのに、深刻な千冬くんを目の当たりにすると不安が押し寄せてくる。

胸がヒリヒリしてしまいにはズキズキと痛みだし、私は自分の指先を無意識に握っていた。

病気だなんて、冗談だよね……？

「サッカー続けたかったけど……いつ発症するかわかんねーし。みんなに迷惑かけると思って……部活引退してからサッカーもクラブチームもやめたんだ……っ」

かすれる声はだんだんと小さくなっていった。

受け入れるのを脳が拒否して目の前がグラグラと揺れる。

千冬くんはサッカーを嫌いになったわけじゃない。病気のせいでやめざるを得なかったんだ。

どんなに強い千冬くんでも病気には勝てなかった。

サッカーをやめなければいけないような重い病気。千冬くんなら何があっても乗り越えていけると勝手に思っていた。

「治るん、だよね……？」

喉の奥から絞り出した声は自分でもよくわかるくらい震えていた。口の中の水分が失われて、カラカラに口が乾いていく。

治るに決まっている。それなのに嫌な予感が払拭《ふっしょく》できないのはなぜだろう。

治ったらまたサッカーができるんでしょ？

そうだよね？

なんでそこでうつむくの。どうして何も言ってくれないの。

「千冬くん……？」

お願いだから何か言って安心させてほしい。すぐに治るから大丈夫だって。

知りたいと思うのに知りたくなくて頭も心もぐちゃぐちゃだった。


「風里？　いるの？」

どれくらい経ったのか、病院から帰宅したお母さんが部屋に顔をだした。真っ暗闇に射しこんだ光に思わず目を細める。

「やだ、電気もつけないで何してるのよ」

勉強机に向かう私にお母さんがギョッとした。愛想笑いさえ浮かべる余裕もなく、机に置いたハーバリウムのキーホルダーをただぼんやり眺める。

『100日病』

絶えず頭をぐるぐる回り、スマホに伸ばしかけた手を引っ込めてはまた伸ばし、伸ばしては戻し、また伸ばし。

「あら今日は買い物にいかなかったの。それならそうと連絡してほしかったわ。言ってくれたら帰りに寄ったのに。明日のおかずが何もないじゃない」

ブツブツ言いながらリビングへ戻っていくお母さんの声を、どこか他人事《ひとごと》のように聞いていた。

100日病について調べればすぐに答えは出る。スマホに伸ばした手が震えた。知りたいのに、知りたくない。怖くて勇気が出ない。一度知ってしまうと後戻りができなくなりそうで、すべてを受け止める覚悟も勇気も今の私には持てそうにない。

だめだ、弱虫。臆病者。知りたいって言ったくせに。

だってまさか、誰がこんなこと予測できた？

結局調べることができないまま眠れない夜を過ごした。

第三章　明日が来たら

——ピンポーン。

クリスマスの日の朝、お母さんが病院へと出かけてから数分後のこと。朝食後の洗い物をしているときだった。普段めったに鳴らないインターホンの音にビクビクしながらモニター画面を確認すると、そこに映し出された人を見て絶句する。四角い画面の中にいたのはマフラーに顔を埋《うず》めた千冬くんだった。

なんで千冬くんが？

同じマンションの棟ちがいのため、徒歩五分の距離に住んでいる。昔はよく家を行き来していたけど、ここ二年はそれもなかった。

図書館にいった日以来だから、なんとなく顔を合わせにくい。

一度目を閉じ、深呼吸をひとつしてからそっと目を開ける。だけどそこにはやはり千冬くんがいた。予想外の訪問者に、ただただ目を見開くばかり。

手ぐしでさっと前髪を整え自分の胸に落ち着けと言い聞かせてから玄関までいきド

アを開けた。

「よう」

澄んだ空気が流れ込んでくると同時に千冬くんが頰をゆるめた。

「おはよう、急にどうしたの？」

「久しぶりにふうんちにいってみようかなって。それより準備しろよ、出かけるぞ。どうせ暇だろ」

出かける？　どこに？　千冬くんと？　どうして？

ポカーンとする私に目の前の千冬くんが噴き出した。

この前の暗い顔や雰囲気なんて一切感じさせず、むしろいつもよりもテンションが高い。

「クリスマスだし。どうせ一緒に過ごす相手もいないんだろ？」

もちろんそうなのだけれど、断言されてしまうのが痛いところだ。

「あいつらにもデートするって宣言したしな。待ってるからゆっくり準備しろよ」

私の意向などお構いなし。

強引な誘いを断れるわけもなく、玄関先で待っててもらい、戸惑いながらも身支度を整え戸締まりをして家を出た。ベージュのニットワンピースに黒のショートブーツとダウンを合わせたコーディネート。待たせるのも悪いと思ってクローゼットから素早く選んだ服だ。

それにしてもいったいどういうつもりなのかな。

デート……千冬くんが言ったように、これってそういうことになるのか。いや、でも私たちは友達だし。

色んな思考がぐるぐる巡る。いくら考えても今の状況を納得させる十分な理由が見当たらない。

隣を歩く千冬くんは迷彩柄のモッズコートに黒のパンツを穿《は》き、足元には赤のスニーカーといったカジュアルな格好だ。どんな姿をしていても千冬くんはカッコいい。ちょっと尖《とが》った横顔も、笑うと雰囲気が優しくなるところも、ぶっきらぼうな言葉遣いだって、基本的な部分は昔から変わらないのに輝きだけが増していく。

何事もなかったような顔をされると病気だなんてウソみたいだよ。

徒歩で駅まで出向き、電車に揺られること二十分。連れてこられたのは水族館だった。改札を出て歩いていくとイルカとクジラの大きなアーチが出迎えてくれる。そばで子どもがはしゃぐ声を聞きながら、人の流れに乗って進む。

「千冬くんが水族館って意外だね」

「久しぶりにきたくなったんだよ。海の生物見てたら癒《い》やされるだろ」

「まぁ、たしかにそうだけど」

デートだと意識して落ち着かないのは私だけだろうか。ちらりと横目で千冬くんを見ても、いつも通りの無表情で私のように緊張してはいないみたい。

列に並んでチケットを購入し薄暗い館内へと入った。大きな水槽の中で名前もわからないたくさんのきれいな魚が自由に泳いでいる。縄張りとか仲間意識というものがなく、自分が観賞用だと思ってもいないのだろう。

のんびり優雅でとても自由に見える。

「見ろよ、鮫《さめ》っぽいのがいるぞ」

子どもみたいに声を弾ませた千冬くんが笑顔で私を振り返る。

「鮫っぽいっていうか、鮫じゃん。小形の」

「鮫って凶暴かと思うだろ？　でも実際はすっげー臆病《おくびょう》なんだよ。人間を襲うみたいに言われてるけどほかの魚よりずっと怖がりなんだ」

「へえ」

「お、エイ発見！　あの笑顔がいいよなぁ」

そこまで喜べる気持ちがわからないけれど癒やされると言ってたくらいだから、好きなんだろう。

ひとりで盛り上がってどんどん奥へ進んでいく。長く続く水槽を横目に、ゆっくりと千冬くんのあとを追いかけた。

クラゲのコーナーで足を止めると千冬くんは小さな水槽に張りついた。そこには半透明に透き通るクラゲがふわふわ優雅に漂っている。

「いい、なぁ……」

「ん？　なにが？」

「え、やだ声に出てた？」

ほとんど無意識だった。隣でキョトンとしている千冬くん。

「何も考えずにのんびり泳いでいられていいなぁって思っただけだよ。この子たちみたいにごちゃごちゃ考えずにいられたら今より生きやすくなるのに」

色んなことを考えて、考えて、考えすぎて、がんじがらめになっている。

「るいと喧嘩《けんか》っていうか……避けられてるんだよね。誤解されてこじれちゃった感じ」

こんなこと千冬くんに言っても困らせるだけなのに。

千冬くんはクラゲに視線を戻してから、さっきまでとはちがう真面目なテンションで答えた。

「ふうは素直じゃないからな」

冗談交じりに千冬くんが笑った。

「自分がまちがってると思ったら『ごめんなさい』でいいんだよ。それでだめだった時はもう一度考えればいい。これでよかったと思えるまで悩む過程に意味があると思う。そこまで悩むってことは自分にとって大切なことだったり、大事にしたいと思える相手だからだろ。わかってくれるよ」

「それは……」

たしかにそうかもしれない。

でも『ごめんなさい』を言う勇気が私にはないんだ。そんなところからして、臆病で意気地なし。誤解をときたくても、るいに話しかけることさえできない。自分のだめさがよくわかって正直ヘコむ。本当はちゃんとわかってる。自分で自分を生きにくくしているだけなんだってことが。正しいと思う答えも本当はちゃんとわかってる。

「ちゃんと向き合えばわかってくれるだろ。ふうは他人のために自分を犠牲にしすぎなんだよ。だから考えなくてもいいことばっか考えてしんどくなんの。相手の顔色をうかがうのも時と場合によっちゃ必要かもしれないけど、一番は自分がどうしたいか、だろ」

「自分が、どうしたいか……」

うわ言のように復唱する。

「それにさ、自分の心に正直に行動してこそ生きやすくなるんじゃねーの？」

全部千冬くんの言う通りだ。

二年前、松野さんからの手紙を渡そうとして千冬くんに幻滅された挙句、その松野さんに千冬くんとの写真を撮られてＳＮＳに晒《さら》され、最終的にあんな形でるいの信頼を失った。

手紙を渡すこと、心の底では嫌だったのに自分の気持ちにウソをついてまでしたことは、なんの意味もなかったんだ。それどころか松野さんには恨まれていたのかもしれない。

千冬くんに受け取ってもらえなかった手紙を返すと松野さんはひどく落胆していた。『小山内さんにはがっかりだよ』なんて言われ、口をきいてもらえずクラス替えの時期まで気まずい日々を過ごした。

もし二年前の私が松野さんの手紙を突き返せていたら、教室で浮くことになっても千冬くんに『お前』と呼ばれて冷たい瞳《ひとみ》を向けられることもなかっただろう。私がしてきたことはただの偽善。臆病で弱いから無意識にみんなに好かれたいと思ってしまう。断ることで反感を買ったら元も子もないから、やりたくないことも笑って引き受けてしまう。

人のためを思ってしたことが傷つけたくない人を傷つけ、『ごめんなさい』を言えずに自分を苦しめる結果になった。自分を犠牲にしてきたつもりはないけれど、結果的にそうだと言われてもおかしくはない。

私がしてきたことはまちがっていたのかな。

自分がどうしたいか、心に素直に……。

そうできたら、きっと今より生きやすくなる。

千冬くんは私にはないものをたくさん持っていて、いつだって正しい方向へ導いてくれる。そんな彼と一緒にいると、私まで勇気をもらえる。

可能ならるいと話して誤解をときたい。

「でも、もう今さらかも……許してもらえないかもしれない」

「俺、思うんだけど自分のことになるとみんな案外見えてないもんだよな。人に言われて気づかされたり納得できたり。俺だってそうだし」

下げた視線を上へと向け、クラゲがふよふよ漂うのを目で追う。

「誰かに言われて初めて行動しよう、変わりたいって気づきがあるわけだろ。その気づきに敏感でいられる自分でいたいって思うわけよ。だからまぁ、なんて言うのかな。遅くないと思うっつーか、遅いと思わないようにしてるっつーか。うまく言えないけど、これからなんじゃね？」

慰めようとしてくれているのだろうか、いつになく優しい口調でそう伝えてくれる。

「気づきがあってそれから自分がどうしたいと思ったか。行動に移すか移さないかは別として、気づけた自分をだめだって責めるんじゃなくて褒めてやるのも大事だと思う」

自分がどうしたいか。まちがっていると気づいた自分を責めるのでなく、褒めてあげる？

　自分はだめだと卑屈になるばかりで、そんな発想が私には微塵《みじん》もなかった。何でも完璧《かんぺき》な千冬くんには私の気持ちなんてわかるわけがないと思っていた。でもそんな千冬くんにも生きにくいと感じることがあって、人に言われて初めて気づき、変わりたいと思ってここまできたのかもしれない。そこまで言えるのは私以上にたくさんのことを経験してきた証拠。

「病気の話もさ、いきなり驚いただろ。俺は大丈夫だから、あんまり気にするなよな」

「冗談じゃ、なかったんだ？」

　あまりにも普通だから、もしかすると冗談だったのかなって少しだけ思った。でも冗談じゃないんだ……。

　複雑な気持ちがこみ上げて、どんな顔をすればいいのかわからない。でも今は、楽しい時間だから。千冬くんも暗い雰囲気を望んでいないと思う。せっかく千冬くんと水族館にきてるんだもん。

　クラゲコーナーを出たタイミングで館内アナウンスが流れた。どうやら三十分後に水族館の目玉であるイルカたちのショーが始まるらしい。

「いく？」

「うん！」

「はは、声でかっ。ふうはイルカが好きだよな」

「だって可愛いじゃん。あのフォルムがたまらない」

今日の千冬くんはよく笑う。だから私も笑顔になれた。

イルカのエリアはすぐそばのブロックと近く、まだ時間があったのでその前にお手洗いに立ち寄らせてもらった。用を足して水道で手を洗っていると、少しスッキリした自分の顔が鏡に映る。野暮ったくてなんの特徴もない平凡な顔。

千冬くんの隣に並んでも恥ずかしくないように、もう少し可愛くしてくればよかった。

髪をさっと整え、鞄《かばん》から透明リップを出して唇に塗る。それだけではそこまで変わらないけれど、気持ちの問題だ。お手洗いから出て千冬くんの姿を捜すと、向かいのお土産コーナーでラッコのぬいぐるみを眺める後ろ姿を見つけた。

「千春《ちはる》に買って帰ろうかな。あいつ、今日『お兄ちゃんだけ水族館にいくなんてずるい！』ってスネてたから」

千冬くんがまたもや笑った。妹思いの優しい兄の顔だ。千春ちゃんは悠里と同じ小学校に通う同級生で、目がくりっとしていてとても可愛い。

「千春ちゃんも一緒にきたらよかったのに」

「いやいや、デートの邪魔だろ」

デートというワードに思わずドキッとする。

「ち、千春ちゃんに久しぶりに会いたいなぁ」

「あー、伝えとくよ。千春もふうに会いたがってたし」

「ほんとに？　嬉《うれ》しい！」

他愛《たわい》もない話をしながら私もお土産コーナーを見て回った。私も悠里に何かお土産を買って帰ろうか。でも私だけ水族館にいったことを知ると羨《うらや》ましがるだろうな。それなら何も言わない方がいいのかも。迷ったけれどお土産は買わないことにした。その代わり、退院したら連れてきてあげよう。

イルカショーのステージがあるブロックへ移動し、真ん中らへんの席に陣取る。

「あ、そうだ。これ」

千冬くんが私に向かってビニール袋を差し出した。

「やるよ、クリスマスプレゼント」

「え……？」

さっきのお土産コーナーで買ったのだろう、イラスト付きのビニール袋が揺れた。

突然の出来事に目を見開きながら照れくさそうな横顔を見つめる。

まさか、そんな、まったく予想してなかった。

「そんな高価なもんじゃないし、受け取ってもらえると嬉しいんだけど」

どうして？

デートだと言ったり、プレゼントをしてくれたり、どういうつもりなのかと疑ってしまう。けれどきっと千冬くんのことだから裏なんてあるわけがない。

「あ、ありが、とう……」

緊張しながら受け取ると指先が千冬くんの指に触れた。ひんやりしていて氷のように冷たい。だけど私の方は火がついたみたいに熱を持った。

「悪い……」

「う、ううん、私もごめん」

お互い恥ずかしくなって慌てて前を向く。ショーが始まってもドキドキしたまま隣にいる千冬くんばかりが気になった。

クリスマスから四日が経った午後の夕暮れ時、塾の帰りのことだった。

駅前をぶらぶらしていると、一度すれ違ったにもかかわらず、わざわざ後ろ歩きで戻ってきた人に声をかけられ目が合った。

「あっれー？　風里ちゃん？」

ギョッとする私にニコニコ顔を見せる久住くんは相変わらず距離が近い。

「なにしてんの、こんなところで。っていうか、久しぶりだよね。元気？」

何から答えていいのやら、とりあえず相槌《あいづち》だけ打っておく。すると久住くんはいたずらっぽい目をしてニヤリと笑った。

「そういや、千冬といい感じなんだろ？　あの画像見た瞬間、俺、テンション上がっちゃった。あいつは『ちがう』って否定してたけど、小学生のときからいつくっつくかなってずっと思ってたんだよね」

「な、なに言ってんのっ、そんなんじゃないよ」

否定しても久住くんはニヤニヤと笑うだけ。なんだか憎たらしい、ものすごく。私たちの間に何かあると、どうしてそんなふうに思えるのかな。

「ほんとに全然ちがうからね？　千冬くんとどうこうって、そんなの……噂されてるのも引け目を感じてるくらいなのに」

だんだんと自分の声が小さくなっていくのがわかった。

「風里ちゃんも千冬も素直じゃないからなぁ。特に千冬。あいつ、心にダメージ負ったり傷ついたりするとド正論かまして相手をヘコませんの。ショック受けてるくせにそれを隠そうとしてさ。あいつの言うことはだいたい正しいけど、ごく稀《まれ》に聞き流すかスルーでいいよ。いちいち気にしてたら身が持たないし、風里ちゃんは言われたことを正面から素直に受け取ってそうだから」

久住くんは何か知っているのだろうか。例えば松野さんの手紙のこと、とか。聞いても教えてはくれないだろう。そういうことを匂わせるのが上手で、私はいつもあたふたしてしまう。

「そうそう、元日に千冬と初詣《はつもうで》に行くんだよ。風里ちゃんも暇だったらおいでよ。待ち合わせは鳥居の下ね。時間はまだ決まってないから千冬から連絡させる」

「え、あ、ちょっと」

「じゃあ俺はこのへんで。またねー！」

爽《さわ》やかに手を振って歩いていく久住くん。自由奔放というか言いたいことだけ言って去っていくのは心臓に悪いからやめてほしい。

帰り道、なぜだかずっと千冬くんのことを考えていた。

マンションに着いた時には、あたりがオレンジ色に染まりつつあった。これから夜がくるのかと思うと気が滅入《めい》りそうになる。やっぱりひとりの空間にはまだ慣れない。リビングに入るとすぐにテレビをつけ、冷蔵庫の中身を確認して夕飯の準備に取りかかる。とはいってもそこまで手の込んだものは作れないので焼いたりするだけの簡単なものだ。レタスとウインナーと卵があったのでチャーハンにでもしようかな。朝作った具だくさん味噌汁《みそしる》と合わせれば、豪華とは言えないけど、それなりには見えるはず。作っておけばお父さんとお母さんも食べてくれるので、悠里が入院してから夜は私が献立を考えて用意している。味に関して両親からはなんのコメントもないから美《お》味《い》しいと思ってくれているのかはわからないけれど、食べられないことはないはずだ。ひとりでモソモソと食べる味気ないご飯。テレビはどのチャンネルも総集編や今年の締めくくりにふさわしい番組を映している。今年一年で私は何をやったかな。何もないなぁ、記憶に残ることが。来年の抱負とか言われても思いつかない。改めて自分は何もない人間だと思い知らされる。そしてそれがひどくいけないことだと思えてヘコむ。自分がどうしたいのか考えてみてもわからない。

自分の部屋にいてもリビングのテレビはもちろん、電気もつけっぱなしの状態だ。早く帰ってきてと思いながらも、ひとりでいるのが楽だと感じる自分もいる。ベッドに横たわりながら枕元に置いていたイルカのストラップに手を伸ばした。クリスマスの日、千冬くんがプレゼントしてくれたものだ。ピンク色をしたイルカの可愛いストラップ。もったいなくてまだ袋から出していない。どうして私にプレゼントしてくれたのかはわからないし、千春ちゃんのものを買うついでだったとしても、私が好きなイルカを選んでくれたというのがたまらなく嬉しい。そっと胸に抱くと不思議と気持ちが落ち着いた。

大晦日《おおみそか》、久住くんが言ってた通り千冬くんからメッセージがきた。

『明日、十一時に神社の鳥居の下な！』業務連絡のような文面は千冬くんらしいなと思った。ちゃんと返事をしてないのに、二人の中で私はすでにいくことになってるらしい。それもこれも久住くんの強引なおせっかいのせい。『わかった！』とだけ返事をしてスマホの画面を閉じた。


「よう」

「あ、お、おはよう！」

「やほー、風里ちゃん。あけおめー」

待ち合わせ場所にはすでに二人が待っていた。新年の挨拶《あいさつ》を交わし、三人で初詣に向かう。

「うひゃあ、やっぱ元日は大混雑だな。よっし、早速お参りしようぜ」

鐘を打つ鈍い音が響き渡る中、私たちは参拝待ちの列に並んだ。

地元でも有名な神社で初詣といえば昔からここだ。電車や車で遠くからくる人もいるくらい規模が大きく、敷地内も広々としている。ずらりと屋台が並び、まるでお祭り騒ぎ。

「宿題は終わったのか？」

「いや、それがまだ。千冬くんは？」

「俺はとっくに」

「え、いつの間に？」

「ふうがのんびりしてる間に」

「さすがだね。私は明日からまた頑張る」

久住くんはそんな私たちを意味深に笑いながら眺めていて、何か言いたげだったけど何も言ってこなかった。

「俺、今年こそは絶対に可愛い彼女作って色んなところでデートするんだ。んで、友達とも遊びまくってバイトも頑張る。いい大学いくために勉強もして、充実した年にしたいから大吉引きたいんだよね。千冬は？」

「俺は……普通でいい。普通が一番だ。普通に生きる、それだけ」

「やけに普通を強調するな。俺みたいにもっと欲を出せよ」

「欲……ね、別に」

隣でしれっと答える千冬くんの表情が心なしか曇ったような気がした。私にはその表情の理由がわかった。今の千冬くんにとっての『普通』は当たり前じゃなくて特別だということ。

「なんだよ」

思わず見つめていると目が合ってしまい、恥ずかしくなった私はパッとそらす。

「べ、別に、何でもないよ」

不自然だったかな。

「あからさまにそらしやがって失礼だな」

久住くんが意味深に私を見てクスクス笑うから、余計に顔を上げられなかった。

「なんの面白みもない千冬の意見は置いといて、風里ちゃんはどうしたい？」

「私？　私は……」

どんな一年にしたいんだろう。何事もなくただ平凡に過ごせればそれでいい。ひっそりこっそり、目立つことなく静かに空気のように、前よりほんの少しでいいから生きやすくなればそれで十分。欲をいえば、千冬くんのことをもっと知りたいとも思う。

「頑張って色々乗り越える、かな……？」

「あはは、なんで疑問形？」

うまく答えられないでいると境内の方から歩いてきた派手な男女の集団が、私たちの数人前に並んでいた人たちのそばで不意に立ち止まった。

「うっわ、佐伯るいじゃん」

「ほんとだ、えー、うそ、変わりすぎじゃない？」

「え、佐伯るい？　あれが？」

佐伯るいという名前に、私はそっと顔を覗《のぞ》かせ前方に視線をやる。

そこにはクラスの女子数人と初詣にきているらしいるいがいた。はっきりとはわからないけど、固まっているように見える。

「見た目超変わっててウケるんですけどー！」

「いやいや、普通に可愛くね？　ありだわ、俺」

「もー、なに言ってんのー！」

友達、ではないはずだ。蔑むようにあざ笑い明らかに見下した態度で、見ているこっちにも悪意が伝わってくる。一緒にいるクラスの女子たちも何事かと顔を見合わせていた。

「ねーねー、あんたらさぁ、るいと友達なんてやめた方がいいよー。うちら中学の同級生なんだけど、知ってる？　そいつんち……」

「やめてっ！」

空気が割れそうなほどの大声が響いた。肩で大きく息をするるいを見て、切羽詰まっているのが伝わってくる。

「なにムキになってんの。まぁでも、せっかくできた友達にあんな過去をバラされたくないよねー？　そのせいであんた、中学時代はずっとぼっちだったわけだし。でもさ、自業自得でしょ」

「やめてって、言ってるでしょ……」

「母親が男作って出ていった挙句、父親もあんまり家に帰ってこないとか終わってるよね」

「ほんとかわいそー！」

「っていうか、母親に捨てられたくせによくもまぁのうのうと生きてられるよねー！　あたしなら悲しくて笑えないわ」

どうしてここまで言えるの、人を傷つけて何が楽しいの。かわいそうだなんて一ミリも思っていないくせに。

「あまりにもかわいそうだから、中学のときはうちらが遊び相手になってあげてたの。ねぇ、あのときみたいにまたパシられてくれない？　甘酒飲みたいのに人が多くて並ぶ気になれないんだよね」

「あは、それいい！　あたしはたこ焼き食べたいからよろしくねー！」

「じゃあ俺はぜんざいで！」

「向こうで待ってるから勝手に帰ったりしないでよね」

周囲の迷惑も気にせず、高らかな笑い声をあげながら流れに逆らうように歩いていく集団。すれ違うとき私はとっさに下を向いて唇を噛《か》んだ。バクバクと変に鼓動が高鳴る。

彼らの姿が見えなくなっても笑い声が耳にこびりついたまま離れない。るいはあの人たちからどんな扱いを受けていたのかと想像するだけで体が震えた。

それからすぐ、るいが駆け足で去っていく姿が見えた。

「ねぇ、どうする？」

「なんかちょっとシラケるっていうか、せっかくの初詣なのに台無しじゃない？」

「だよね。っていうか、さっきの話ほんとかな？」

「ねー、びっくりした！　ぼっちだったって。お母さんの話も事実なのかな？」

走り去ったるいが気になって握った手のひらに爪が食い込む。るいが走っていったのは境内の裏側の方だ。どうしよう、追いかけたい、気になるよ。今、どんな気持ちでいるんだろう。でも迷惑だったらどうしよう、拒否されるかもしれない。そう思ったら怖くて足がすくむ。

「頭空っぽにしてみろよ」

「千冬、くん」

「ふうはどうしたい？」

「私、は……」

自分の心に素直になってもいいのかな。それを選択してもいいのかな。

『自分がまちがってると思ったら「ごめんなさい」でいいんだよ』

いいんだ、だよね……？

私がしたいようにしても。

「頑張れ」

千冬くんはにっこり笑って、その笑顔はまるで後押ししてくれているようだった。

覚悟を決めて口元に力を入れる。

「ごめん、ちょっといってくるね!」

一歩踏み出すと、まるでそうするのを待ってましたと言わんばかりに足が勝手に前へ前へと進んでいく。不安でたまらないのに体はすごく軽い、こんな感覚は初めてだ。

乾いた神社の土を踏みながら走る。

参拝の長蛇の列を横目に境内の裏手へと回ると、木が高々と生い茂る薄暗い雑木林が広がった。

「はぁはぁ、るい……っ」

どこ?

もう帰っちゃったんだろうか。それでも傷ついているであろうるいを思うと胸が張り裂けそうだった。

喧騒が遠くに聞こえる中、一本の太い木のそばに佇《たたず》む人影を見つけた。まちがいない、るいだ。

「るい……っ!」

名前を呼ぶとるいが反射的に振り返った。目を見開いてたじろいだのがわかる。真っ赤に充血させた目を伏せ、再び前を向き走り出そうとした。

「待って！　逃げないでっ！　るいっ！」

そう叫ぶとるいの背中が一瞬ビクリと反応して、そのまま力なくうなだれた。走るのをやめた私はゆっくりとその背中に近づく。

「ごめんね、私もたまたま初詣にきてて……それでっ、はぁ」

乱れた呼吸を整えるために大きく息を吸った。ほぼ衝動的に追いかけたから何を言うかなんてまったく決めていない。

「偶然、さっきの……聞こえて」

途切れ途切れにそう伝えると、短い沈黙のあとにるいがポツリポツリと話しだした。

「引いたでしょ？　あたし、中学まで陰キャで別人みたいだったの。クラスでも目立たなくて、いつもひとりぼっちだった」

抑揚のない声でそう話するいの姿は教室での元気なイメージとはずいぶんかけ離れている。

「だから……高校で風里と友達になれて嬉しかったんだ」

「…………」

「ウソつかれてたことがすごくショックで……風里のこと避けてた……っ」

ちがうって、誤解だって、ちゃんと伝えなきゃいけないのに声が出ない。

「母親のこともあの子たちが言ったとおり、あたしが小六の夏に浮気相手と逃げたんだ」

なかば投げやりに、でもツラそうにるいは乾いた笑いを洩《も》らした。

「しかも小五のときのあたしの担任とだよ。信じられる？　ありえないよね。あたしとお父さんはあっさり捨てられたの。それから噂が広まって……誹謗《ひぼう》中傷がすごくて、その町にいられなくなった。逃げるように引っ越してひっそり暮らしてたんだけど、どこからか噂が流れて転校先でもかなり叩《たた》かれた。ツラくてツラくて何もかもが嫌になって死のうと思ったこともある」

いつも笑顔を絶やさず、不幸とは無縁なイメージのるいの口から出た言葉だとは思えなかった。

悲しみに打ちひしがれる背中から目を離すこともできず、そばに駆け寄ることもできず、慰めの言葉も何も浮かばない。るいの苦しさだけがストレートに胸に伝わってヒリヒリ痛かった。

「母親に捨てられたときあたしが悪いのかなって、そんなふうに思っちゃって。あたしがいけないことをしたから捨てられたんだって自分にそう言い聞かせてた。中学でいじめられてもあたしが悪いんだから仕方ない、これは当然の報いなんだって思って我慢してたら、ある日とうとう限界がきちゃって……」

気を抜くと聞き逃してしまいそうなほどの小さな声に耳を傾ける。

「教室で思いっきり暴れたんだ。そしたらもう涙が止まらなくなって……裸足《はだし》で教室を飛び出したの。それ以来学校にもいかず、そのあとは落ちるところまで落ちたよね。昼夜逆転の引きこもり状態。どん底まで落ちたら今度は笑えてきちゃってさ。そこで初めて冷静になれた。あたしらを捨てて出ていったのは母親の方で、あたしは何も悪いことしてないじゃんって。あたしはいったい、何に苦しめられているんだろう、どうしてこんなに苦しめられなきゃいけないのってバカバカしくなって、何もかもがどうでもよくなっちゃった。吹っ切れたっていうのかな、でもやっぱり昔の同級生に会うとだめだね。引き戻される。捨てられたっていう事実は変わらないから、それを突きつけられるのはやっぱりまだ……ツラい……」

るいがそっと涙を拭《ぬぐ》ったのがわかった。その姿に胸の奥が揺さぶられる。それと同時に苛立《いらだ》ちにも似た感情がこみ上げた。

『ねぇ、友達にならない？　あたし、佐伯るいっていうの』

入学式のとき声をかけてもらえたこと、すごく嬉しかったくせに。

今一番腹が立つのはるいを傷つけた張本人でも、るいのことを気にしなかったクラスの女子たちでもなく、傷ついて泣いてるるいを慰めることもできない自分自身に対してだ。一番近くにいたはずなのに、るいが苦しんでいたことに気づきもしなかった。

嫌われるのが怖くて自分を守ることしか考えられなかった。

「風里はいい子ちゃんだから、そういうの引いちゃうよね？　きっとちゃんとした家庭でまっすぐに育ってきたんだろうし。仲良くなりたくて声をかけたけど……迷惑、だったよね。いつも無理してあたしに合わせてくれてるの、ちゃんとわかってた」

振り返ったるいは涙をためた瞳で申し訳なさそうに微笑んだ。

「ほんとはね、もっと仲良くなりたいって思ってたんだ。でも……もう話しかけたりしないから安心して。じゃあね」

私はまた失うの？

なんの誤解もとけずに、るいを傷つけたまま……。

もう話せなくなるの？

このままだと後悔するのはわかっている。

嫌だ、そんなの。

とっさにるいの腕をつかんだ。

「待って……っ！」

まだ何も伝えていない。ちゃんと向き合いたい、逃げたくない。

「風里……？」

「わ、私、人に嫌われるのが怖くて、顔色ばかりうかがっちゃうの。誰にでもいい顔をして頼まれごとも断れない。みんなにいい子に見られたい。だから無理してでもなんでも引き受けて、あとで苦しくなるんだけど……るいに遊びに誘われたとき、みんなとノリよくできるかなとか、うまく溶け込めなかったらどうしようとか……いっぱい色々考えてたらストレスで胃が痛くなっちゃって。いつもそうなんだよね。不安や心配ごとがあると胃が痛くなる。それで大事なときに失敗ばかりして……」

震えているのは私の手なのかるいの手なのかはわからない。

「あの日、千冬くんがそんな私に気づいて保健室に連れていってくれたの。心配だからって帰りも付き添ってくれて、途中で近所の公園に寄った。信じてもらえるかはわからないけど、るいにウソをついてたわけじゃないんだ。千冬くんと会う約束をしてたわけでもないし、ほんとにたまたま……。あのときすぐに説明できなくてごめん……」

「…………」

「るいは私をいい子だ優等生だって言うけど、そんなんじゃないよ。優等生に見せてるのは人に嫌われたくないっていう利己的な理由だもん。それにね臆病なんだ、ものすごく。他人と深く関わらないのは離れていかれたときにツラいからっていう自己防衛だし……そんなずる賢いこと考えてるんだよ、私は」

るいの反応が怖くて無意識に視線が下がる。沈黙が怖くて胸がキリキリ痛んだ。さらにはみぞおちのあたりがキューッと締めつけられて、どうにかなってしまいそうだ。でも逃げたくはないから、私はまっすぐにるいを見た。

「なん、だ……そうだったのか。ウソ、つかれてたわけじゃなかったんだ……」

るいはホッとしたように息を吐いたあと、頬に流れる涙を指で拭った。

「いつも何も話してくれないから、あたしとは仲良くしたくないのかな、嫌われてるのかなって思ってた」

「ちがうよ、そんなんじゃない。だって私、入学式のときも遊びの誘いのときも……るいに声をかけてもらえて、ほんとに嬉しかったんだもん」

素直な気持ちを打ち明けた。

「嬉しかったのに……自信がなくて、ごめんね」

自分をさらけ出すのはすごく勇気がいる。受け入れてもらえるかわからない相手の前ではなおさらだ。

「誰だって人に嫌われたくないのは同じだよ。あたしだって暗い過去を悟られないように明るく振る舞っていたんだもん。きっと誰だってそうだよ。人には見せてない部分があると思う。簡単には話せないこともあるってわかるし、それはそれでいいと思うけど、あたしは風里が正直に話してくれて嬉しかったよ」

「るい……」

「もっと知りたいもん、風里のこと。風里が嫌じゃなければ、だけど」

左右に細かく揺れる瞳を見て、るいも不安なのだと思い知った。どうして自分だけが不安だなんて思ってしまったんだろう。人は誰だって自分を否定されるのは怖いはずなのに、私ってとことん自分のことばっかりだ。でももう嘆くのはやめよう。その気づきを認めて素直になる。

私は決意を固めて強く強くるいの手を握った。

「不本意とはいえこんな形で知ることになっちゃったけど……るいの過去に引いたりしてないよ。私も……これからはるいのことをもっとちゃんと知りたい」

「風里……」

同じように握り返してくれるるいの温かい手のひらの感触に、ジワリと涙がこみ上げた。

「今からでも遅くないなら……るいと、もっと仲良くなりたい。二人で遊んだり、放課後にスイーツ食べたり、何気ないことでメッセージをし合ったり……」

「うん、うん。そう、だね。あたしも……風里と恋バナとか休みの日に買い物いったりしたい」

「うん……」

人の体温に触れていると温かくて安心させられる。るいにとって私もそんな存在でありたい。

「風里はさ、お人好《ひとよ》しだしもっとうまくかわせばいいのになって思うところもたしかにあるけど、あたしは嫌いじゃないよ」

「…………」

「だっていつもあたしのくだらない話を一生懸命聞いてくれるでしょ？　それってすごいことだと思う」

「そ、それは、自分から話すような話題がないからで聞いてる方が楽だから」

「うん、でもね、風里は面倒くさそうにしたりせずに、ちゃんと体を向けて目を見て頷《うなず》きながら聞いてくれるでしょ？　あたしはそれが嬉しかったんだよね」

そう言われても自分が特別なことをしているとは思えなくて、いまいちピンとこない。

「だから風里もなんでも話してね。特に梶くんのこととか、梶くんのこととか、梶くんのこととか！　真剣に聞くし」

やけに千冬くんを強調されて、冗談っぽく笑うるいに私まで頬がゆるむ。空気が重くならないようにというるいの気遣いなのだろう。すっかりいつものテンションだ。

「風里は梶くんとお参りにきてるんでしょ？　もう戻って？　あたしはこのまま帰る

ね」

「え、でも、さっきの人たちがまだいるかもしれないよ？」

「大丈夫だよ、出入口はひとつじゃないし人もたくさんいるもん。いざとなったら走って逃げるから」

「だめだよ、そんなの。危ないよ」

「平気だって」

私の心配をよそにるいはあっけらかんとそう話す。せめて神社から無事に出るのを見届けたいという私の要望すら、聞き入れてくれそうにない。

「あ、風里ちゃん発見！　おーい！」

バタバタと慌ただしく千冬くんと久住くんが走ってきた。おそらく心配して駆けつけてくれたのだろう。

「大丈夫だった？　あいつらまだウロウロしててさ。裏口から出れば会わないと思うから、今のうちにいこうぜ。えーっとなにちゃんだっけ？」

「佐伯るい」

そう答えたのは千冬くんだった。ちゃんとクラスメイトの名前を把握しているらしい。無愛想で興味がなさそうなのに、こういうところはちゃんとしている。

「るいちゃんね、了解」

「いや、あの、でも、あたしひとりで大丈夫だから。って、いきなり下の名前呼びかいっ」

身振り手振りで断固拒否するるいの手を久住くんがつかんだ。

「ふふ、それが俺の特技。あんな場面見せられて女の子ひとりで帰せないって。ね？」

「っていうか、あたしあなたのことよく知らないんだけど」

「ごめんごめん、俺は久住純だよ。千冬と風里ちゃんとは小学校からの仲。よろしくー！」

「テンション高っ」

「それが俺の味だからね」

爽やかスマイルにるいはすっかり大人しくなり、一緒に出ると言って聞かない久住くんの後ろを静かについて歩いた。

神社の外まで参拝客はあとを絶たず、普段はひと通りが少ない歩道にまで行列ができている。人の間を縫うように進み、ようやく周りにひと気がなくなった頃合いを見て久住くんが振り返った。そこには何か思惑がありそうなにっこりした笑みが浮かんでいる。

「じゃあ俺はるいちゃんを安全なところまで送ってくるから、千冬は風里ちゃんをよろしくー！」

「え？」

ちょ、ちょっと待ってよ。

「じゃあ風里、またメッセージするから。梶くんも変なとこ見せてごめんね」

「いや、別に。気をつけて」

「ありがと。風里、バイバイ」

「あ、うん！」

私が手を振るとるいはすでに歩きだしていた久住くんのあとを追いかけていった。

「ったく、あいつはマジで強引だな。ま、今に始まったことじゃないけど」

「だね……大丈夫かな、るい」

久住くんって悪い人じゃないけど振り回すところがあるからな。

空に灰色の雲がかかり、昼間だというのにあたりが薄暗くなっていく。

「大丈夫だろ。なんだかんだ言って、純もああいうのを見過ごせないタイプだし。参拝しに戻る？」

「ううん、大丈夫。千冬くんは？」

「俺もどっちでも……あ」

ひらりと目の前を何かが舞った。

「雪だ」

千冬くんの声に空を見上げると小さな粉雪が無数に宙を舞っていた。

「今日降るって天気予報で言ってたかも。どうりで寒いわけだ」

深々と底冷えするような寒さだ。ずっと外にいるせいで指先が震える。顔の感覚だってないかもしれない。

「ふうはいつ見ても寒そうだな。マフラーぐらいしてこいよ」

「忘れてた。って、いいよ。千冬くんが風邪引いちゃう」

首からマフラーを外して私に巻いてくれようとする千冬くんの腕を制止する。

「見てるこっちが寒いんだよ」

よくわからない理由で私の首にマフラーを巻き、距離を詰めてくる。見慣れているはずなのに、何度見てもその整った顔には慣れない。

こんな抱きしめられているような格好、心臓が持たないよ。

「ちゃんと話せたのか？」

「……うん、千冬くんのおかげだよ。ありがとう」

できるだけ平静を装って答える。

これ以上近づいてこられたら心臓の音が千冬くんにまで届きそうだ。そんなの、恥ずかしくて堪えられない。

「そっか、よかったな」

ポンポンと頭を撫《な》でられ私の体は大げさなほどにビクッと跳ね上がった。優しい手つきに心臓がキュンと音を立てる。ありえない、だって、キュンって。

頭に載った手が今度は私の頬を軽く引っ張った。その指先は驚くほどに冷たくて、まるで血が通っていないよう。そこまで寒いくせに、私にマフラーをかしてくれるという優しさがじわじわと胸に染み渡っていく。

「マヌケ面」

「も、もう……！　何するの！」

本当は全然そんなこと思ってない。でもそうでも言わないと隠した気持ちが伝わってしまいそうで、千冬くんに見抜かれそうで怖かった。どうかこの胸の高鳴りに気づきませんように。

「あの、ほんとにごめんね。千冬くんにはいつも助けてもらってばっかりで、私、何も返せてないよね」

「なんだよ、いきなり。俺は別に見返りなんて求めてねーよ」

「私ってだめだから……いつも正しく生きてる千冬くんはすごいなって、昔からずっと憧れてて」

「……じゃない」

「え？」

「ふうはだめなんかじゃないよ」

真剣な瞳で見つめられ、心臓が急激に暴れだす。

「俺だめなんて言った？」

「言って、ない。けど、千冬くんに正しいこと言われるたびに私ってだめだなって思わされてた。弱くて臆病なこんな自分が大嫌い」

「なんで？　ふうにはいいとこいっぱいあるのに」

千冬くんがまさかこんなふうに言うなんて。だから雪が降ったのかななんて、思わず私はまた空を見上げる。

「いいとこって……？」

「自分を犠牲にしてまで人のために一生懸命になれるところ」

「それ、すごく嫌みっぽい」

「怒るなよ、いい意味で言ってんだから。俺にはマネできないよ。そんなところもふうの一部なんだなって思うし、別にだめじゃないだろ。自分で思い詰めるほど大したことじゃないから気にするなよ」

「千冬くんが何を言いたいのか全然わからない……」

そもそもいつも正しいことを言うのは千冬くんじゃないか。『誰にでもいい顔しすぎだろ』って怒ったくせに『だめじゃない』とか意味がわからなすぎる。

「俺はただ、無理に引き受けてまでふうがツラい思いをするのは嫌なんだよ」

「……………」

「そのくせお前はヘラヘラ笑ってるし、見てらんねーの。ほっとけねーんだよ」

そんな言い方をされたら特別扱いしてくれてるんじゃないかって勘違いしそうになる。そんなはずはないのに……鎮まれ鼓動。千冬くんは優しいからそんなふうに言ってくれるだけで、そこに特別な意味なんてない。

「自分がどうしたいかが一番だって前に言ったけど、ふうには自分の心にウソをついてまでツラい選択はしてほしくないっつーか……まぁ、そんな感じ」

そう言って千冬くんは私からパッと目をそらした。

「って、なに言ってんだ俺は……恥ずっ」

パタパタと手で顔を扇《あお》ぐ千冬くんを見て、私まで落ち着かなくなる。

「あの……松野さんの手紙のときはごめんね……本人じゃなくて他人の私から渡されるなんて嫌だったよね。ほんと反省してる」

ずっと心の奥に引っかかっていたことを吐き出した。

「ああ……あったな、そんなことも。あれはショックだった」

「ショック……？」

「ま、あのときは俺も素直じゃなかったし？　ふうがそう思うのも無理ないか。ひどいこと言った自覚はあるし」

独り言のようにつぶやきながら、自分だけで納得するように頷く千冬くん。

「ふうからだけは受け取りたくなかったけど、他のヤツからだったらそうは思わないよ。意味、わかる？」

私はますますわけがわからなくなって首を傾げた。

「わかんないのかよ？」

「え、え？　わかんないよ？　なに？　普通ならわかるところなの？」

「はぁ。なんでもねーよ、バーカ」

これみよがしにため息を吐いたあと、なぜだかじとっと睨《にら》まれた。でもあのときとはちがって怖くはなくて、むしろスネていると表現する方が合っている。

「そんなふうに言われたら気になるから教えてよ」

「いや、一生わからなくていい」

「なにそれ」

「ふんっ」

ついには子どもみたいにふてくされてプイとそっぽを向かれた。子どもじみた言い合いも今となっては懐かしい。以前の空気に戻りつつあるのを実感して、胸の奥がざわざわした。私は本当はずっとこんなふうに千冬くんと話したかったんだ。ただ、それだけだった。

　ちらりとこちらを見やる千冬くんの顔がほんのり赤く染まっている。

「ずっと謝りたかったんだ手紙のこと……遅くなってごめん」

「お互いさまだろ。俺も悪かったし、言いすぎた」

　私にまで熱が伝染して、それを隠すように両手でマフラーの端をギュッと握る。

　千冬くんのにおいがするマフラーをしていると、まるで抱きしめられているようでますます顔が熱くなる。

「私には千冬くんはいつも眩《まぶ》しくてキラキラした存在だった。そんな千冬くんと一緒にいると心がふわっと温かくなるんだよね」

「なんだ、それ。褒めてもなんも出ないぞ。それにたいがいひどいこと言ってるだろ、ふうには」

「自覚はあったんだ？　ひどいことっていうか正論じゃん。たしかに打ちのめされたりもしたけど、そういうまっすぐなとことか、正義感が強いとこは長所だと思うよ。困ってる人がいたらさり気なく手を差し伸べたりしてさ。私も千冬くんみたいに強くなりたいもん」

　正しいことを正しいと言えて、まちがったことをだめだと正せる強さ。どんなときもブレない心を、強さを、私にはないそれを千冬くんは持っている。

「強く、ね」

千冬くんはふぅと息を吐き出しながら空を仰いでつぶやいた。口元は笑っているのに、灰色の空を見上げる澄んだ瞳はひどく寂しげで、心なしか横顔はどこか思い詰めているように見える。

そんな顔しないでよ。私まで苦しくなる。千冬くんが病気だと聞かされてから、なんだか胸がざわざわするんだ。

「ふうの中の俺は美化されすぎてるよな」

「ええ？　そんなことないよ」

「そんなことあるよ。俺、自分が興味ないことはどうでもよかったりするし、嫌いなヤツとは関わらないし、悪を許さない正義の味方みたいに思われても困るっつーか」

「あはは、悪を許さない正義の味方って、私もそこまでは思ってないよ」

「そんな言い方だっただろ」

正義の味方。私にとっての千冬くんはそうだよ。

なんてそんな恥ずかしいことは口が裂けても言えない。

「か、帰ろっか」

変な空気に堪えられなくてそう切り出すと、千冬くんは小さく頷いてからゆっくり歩きだした。私もその隣に並んで歩く。

頭上からはとめどなく雪が降り注いで、地面に落ちては跡形もなく溶けて消えていった。

三が日は元日に初詣にいったきりで、あとは部屋に閉じこもって過ごした。テレビのお正月の特番はどれもつまらなくて、かといって外は寒いのでどこへいく気にもなれない。

それにどこも人だらけだろうし、お正月にわざわざ人混みに出向く理由もない。

お父さんとお母さんは悠里の病院にいて夜になるまで帰ってこないから退屈だ。今年は特にお正月らしいことは何もしていない気がする。毎年食べるお雑煮も、ひとりでは味気ないので作ることすらしていない。お節は毎年予約して買うのだけれど、お母さんは今年はそんなことさえ頭になかったようで、私が新年の挨拶をするまで年が明けたことすら知らないようだった。いや、知っててもそれどころではなかったのだろう。

やることもなくベッドの上で寝返りを打つ。

そういえば大掃除もしてないなぁ。部屋はわりとこまめに掃除してるけど、クローゼットの中までとなると面倒でなかなか手をつけられていない。

山積みになった中学時代の教科書すら処分できておらず、扉を開けるのさえ億劫《おっくう》だ。

それでもこの機会を逃すといつになるかわからないので私は重い腰を上げた。見える場所だけきれいに整理整頓《せいとん》してきた私にとって、クローゼットの中は秘境に近い。

「うはぁ、やだなぁ」

山積みの教科書には埃《ほこり》がかぶっていた。もう使わないものだからと思って紐《ひも》で数冊ずつまとめて縛る作業を繰り返す。中学時代の制服は赤いスカーフ付きのセーラー服。今後着ることはないだろうからこれも処分でいいだろう。

「あ」

ようやく物がなくなってスッキリしてきたとき、壁に立てかけられていた裏向きのキャンバスを見つけた。

「これ……」

コンクールで金賞をとった絵だ。こんなところにしまってあったなんて、すっかり忘れていた。それだけではなく風景を描いた何枚もの画用紙や下絵、アクリル絵の具に筆に水入れ。がむしゃらに絵を描いていたときに使っていた道具がすべて埃をかぶっていた。

描かなくなって早いもので一年。すぎ去ってみればあっという間だったような気がする。

『絵なんて将来なんの役にも立たないじゃない！』

あの日からもう一年。これを見ると思い出して息ができなくなる。思わず絵の具を手に取るとカチカチに固まっていて、それはまるで今の私の心を映しているようだった。

キャンバスを裏返すとそこには幾重にも色が重なった海の風景が浮かんでいる。いつか家族でいった沖縄の海。海面には太陽の光が反射して、真っ白な砂浜には小さな人の姿がある。

自分の絵をうまいと思ったことはないけど、改めて見てもそう思う。よくこれで金賞を受賞したものだ。ただがむしゃらに思い出を、色を、情動をキャンバスにぶつけた。初めて見た沖縄の海の透明感や感動を忘れないように何度も何度も色を塗り重ねた。うまいとは言えないけど、これを描いているときは一生懸命だった気がする。こうして形にしたのは初めて見た時のあの感動を忘れたくなかったから。楽しかった思い出が色褪《あ》せないように形として残したかった。今この絵を見て浮かんでくるのは旅行の思い出なんかではない。そんなきれいなものじゃない。ぐちゃぐちゃでドロドロな黒い感情だ。私が描いた絵にはなんの意味もなかった。そもそも私はどうして絵なんて描こうと思ったのか、そのきっかけすら思い出せない。

『ふうの絵が好きだよ』

ふと千冬くんの言葉を思い出して胸が締めつけられる。私は自分の絵なんて好きじゃない。描いたって意味ないんだから。

キャンバスをそっと元の位置に戻して立ち上がる。

机の上には未《いま》だ真っ白なままのスケッチブックが置いてあり、次の授業までに下絵を描かなければいけないと思うと憂うつだ。だからできるだけ考えないようにして片付けを終えると、私は夕飯の準備に取りかかった。


明日から三学期が始まる。今日は年明け最初の塾だ。重い腰を上げてマンションを出る。久しぶりに外に出たせいか、寒さがいつもよりも身に染みた。

するとそこへ「おーい!」とこちらに向かって手を振る小学生の女の子、千春ちゃんの姿を見つけた。元気にピョンピョン飛び跳ね、存在をアピールしてくる。

「風里ちゃん! 久しぶり!」

ツインテールに白いモコモコのコートを羽織った彼女は、悠里の幼なじみでもある女の子だ。

無愛想な千冬くんとはちがって愛想がよく、活発でエネルギーにあふれている。

「千春ちゃん相変わらず元気だね」

「風里ちゃんはちょっと変わった? 大人っぽくなったね」

「えー、そうかな?」

「そうだよー、ねぇ彼氏できた？」

好奇心旺盛《おうせい》ならんらんとした瞳でそう問われ、私は思わずギョッとする。小学生でも大人顔負けのおませさんだ。

「だってもう高校生でしょ？　いてもおかしくないよね？　あ、ちなみにうちのお兄ちゃんなんてどうかな？」

「なっ……！」

あわあわとする私に千春ちゃんが追い打ちをかける。

「クリスマスに水族館にいったんでしょ？　サッカー少年だったお兄ちゃんがデートだなんてびっくりしちゃった」

千春ちゃんにからかわれ、カーッと顔が熱くなる。これじゃあどっちが年上だかわからない。

「しかも水族館にいくって決めるまでにすっごい悩んだっぽくてね」

「え……？」

「前日はそわそわして落ち着きがないし、鏡の前で何度も服装とか髪形をチェックしてるの。デート？　って聞くとちがうって言うくせに様子がおかしいからすぐにわかっちゃった。きっと緊張してたと思うんだよね。ああ見えてカッコつけだからさ」

クスクスと思い出し笑いをする千春ちゃんのそばで、目を見開き文字通り固まる。

まさか、そんな、だってあのときすごく普通だった。とても緊張してたとは思えない。

それなのに千春ちゃんから初めて聞かされる事実にふわふわと現実味がない感覚に襲われる。

私の中の千冬くんに対するイメージと他人から聞かされる事実に頭が追いつかない。

「お兄ちゃんね、最近すごく楽しそうなの。そういうの顔には出ないけど、ずっと一緒にいたらわかるでしょ？　それって風里ちゃんのおかげだと思うんだよね」

千春ちゃんはどういうわけか私を持ち上げてくれる。

「だからね風里ちゃん……」

千春ちゃんが私の服の裾《すそ》を握った。どこか不安そうに揺れる瞳。さっきまで笑っていたのがウソのような表情。

「お兄ちゃんのこと、よろしくね」

千春ちゃんも知ってるんだ、千冬くんの病気のこと。だったら私はあえて知らないフリをする。千春ちゃんの目を見てにっこり笑ってみせた。

「もちろんだよ」

声が震えてはいないだろうか。千春ちゃんの前でだけは笑っていなきゃ。引きつりそうになる口角を私は必死に持ち上げた。

塾が終わって帰宅してから、ハーバリウムのキーホルダーを手に取りボーッとしていた。不思議とキーホルダーに触れているとホッとする。これからは持ち歩こうと思いハンガーにかけたブレザーのポケットに入れた。

100日病のこと、やっぱり詳しく調べるべきなのかな。千冬くんのことを知りたいって思ったはずなのに、知るのが怖いだなんて。なんだか嫌な予感がする。だったらこのまま何も知らない方がいいんじゃないか。ここ数日、そんな葛藤《かっとう》を繰り返している。

『100日病』

そう打ち込んで思い切って検索ボタンを押した。ドクンドクンと鼓動が脈打つ。

震える指で一番上のネット記事をタップして開いた。

『余命100日』

一番にその文字が目にとまり、手からスマホが滑り落ちた。

第四章　光と影の間

冬休みが明けてから初めての登校日。

三学期が始まったという実感はなく、気づくと学校にいていつの間にか始業式が始まり、ホームルームが終わっていた。隣の空席に無意識に視線が向く。

「何かあった？」

帰り際、るいがヒョイと顔を覗《のぞ》かせた。初詣《はつもうで》以来だったけれど連絡を取り合っていたせいか気まずさはなく、打ち解けることができた。明るく振る舞っていたつもりでも、ちょっとした仕草でるいに見抜かれてしまったらしい。それも変な方向に。

「わかった！　梶くんが休みだったから寂しいんだ？」

「な、なに言ってるの……っ！」

「焦ってるー！　怪しい」

「も、もう、るいってば。前にも言ったけど千冬くんとはそんなんじゃないよ」

「あはは、わかってるって。でもさぁ、幼なじみとかすっごい憧《あこが》れる。梶くんってイケメンだし、あたしならあんな幼なじみがいたら自慢して回っちゃうな。だって幼なじみっていうシチュ、最高じゃない？　ほら少女漫画とか恋愛映画とかで王道のパターンだよね。そういうありがちなストーリーって大好き。よからぬ妄想が膨らんじゃう」

「……はは、そう？」

ひとりで盛り上がるるいに、内心ドキドキしながらも曖昧《あいまい》に返す。

「つれないなぁ、風里は。もっと喜んでもいいのに。それと安心してね、あたしは梶くんは全然タイプじゃないからさ。あっ、いっけない、そろそろ帰らなきゃ」

るいは教室の時計を見た途端顔色を変え、私に手を振り大慌てで教室を出ていった。何が『安心して』なのか。るいは勘違いしてる。でも否定する間もなかった。

足音が聞こえなくなったとき、またぼんやりと隣の席に目が向いた。

今日千冬くんは学校を休んだ。心配でメッセージを送ろうとしたけど何をどう聞けばいいのかわからず、文字を打つ指が進まなかった。それに今さら私なんかが何を言えるだろう。

『余命１００日』──。昨日からずっと千冬くんのことばかり考えている。

「あ、風里ちゃん。お疲れー」

ノロノロと教室を出て昇降口へ向かっていると久住くんに遭遇した。

「あのさー、今日千冬休み？」

「うん」

「マジか。風邪かな？　あいつに借りてた漫画、今日までに返せって言われててさ。困ったなぁ、どうしようかな。俺、今日用事あるから千冬んちいけないんだよね」

ちらちらと私を見てはわざとらしくため息を吐く。

「よ、よかったら私がいこうか？」

「マジ？　なんだか悪いなぁ。でもありがとう、助かるよ。さすが風里ちゃん。頼りになる」

「それを狙ってたんでしょ？　バレバレだよ」

棒読みで調子のいいことばかり言う久住くんに苦笑する。

「だって俺がいくより絶対喜ぶと思うからさ。じゃあこれ、よろしく！」

漫画が入った紙袋を預かったはいいものの、学校を出る足取りは重い。自転車を漕《こ》いでいても胸の奥がざわざわして、マンションが見えてくると緊張でどうにかなりそうだった。

自転車をとめ呼吸を整える。触らなくてもわかるほど心臓が激しく脈打っていた。キリキリを通り越して胃が痛い。でも逃げたくなくて私は鉛のような足を動かして千冬くんの部屋の前に立った。インターホンを押すと、しばらくしてから「はいはーい」という明るい声が飛んでくる。千冬くんのお母さんだ。

「こ、こんにちは」

インターホン越しに挨拶《あいさつ》するとすぐに玄関が開いた。

「いらっしゃい、風里ちゃん」

千冬くんそっくりのお母さんがにこやかに出迎えてくれた。

千冬くんの家はお母さんと妹の千春ちゃんとの三人暮らしで、お父さんはいない。千冬くんが五歳の時に交通事故で亡くなったからだ。

「あの、千冬くんは大丈夫ですか？」

「大丈夫大丈夫、ただの寝不足よ。それでちょっと貧血気味なだけだから。わざわざきてもらってごめんね」

千冬くんのお母さんは私を心配させないように明るく笑ってみせた。

「せっかくきてくれたのに千冬ったら朝からずっと寝てるのよ。起きるまで入って待ってる？」

「い、いいえ、私は預かり物を届けにきただけですので。それに安心しました」

「そう？　ごめんね。それにしても、ずいぶん久しぶりね。やっぱり女の子は少し会わない間に可愛くなるものなのね」

眉《まゆ》を下げたままの顔で笑う千冬くんのお母さん。その顔は彼そっくりだ。少しやつれたかな、前はもっときれいだったのに。

「そういえば風里ちゃんはまだ絵を続けてるの？　たしか美術部だったわよね？」

いきなり話題を変えられて戸惑ったけれど、なんとか笑顔を作って取り繕った。さすがこれまでそうしてきたかいがある、こういうときに役立つのだから。

「いいえ、今は」

「千冬ったら風里ちゃんが金賞をとった時、私には言わなかったけど嬉《うれ》しそうでね。展覧会の会場まで連れてってくれって私に言ったの」

信じられなかった、だって、まさか、なんで。

「それでね二人で会場までいったのよ。あの子、風里ちゃんの絵を見た途端その場から動かなくなってね」

クスクスと思い出し笑いをする千冬くんのお母さんを見ても、私は状況をのみ込めなかった。

「よっぽど風里ちゃんの絵が気に入ったのね、三十分以上真剣に見てたわ。そのあとくらいからあの子、変わったの」

「変わった……？」

「見違えるほど明るくなった。風里ちゃんの絵にパワーをもらえたんじゃないかな。病気がわかった直後のことだったから……」

「……っ」

あの日の衝撃が再び胸を襲った。千冬くんのお母さんの目が潤んで赤くなっていく。

「千冬から聞いてるかしら……？」

それが病気のことだというのはすぐにわかった。

「……はい」

「……そう。これからも変わらず仲良くしてもらえると、あの子も嬉しいと思うから……よろしくね」

そっと涙を拭《ぬぐ》いながら笑う千冬くんのお母さんを見て、小さく頷《うなず》きながら返事をする。

この期に及んでもまだ私は半信半疑だった。信じたくなかった、信じられなかった。千冬くんが病気だなんて、100日後に死んでしまうなんて。

100日後がくるのはいつなんだろう。

家に帰りクローゼットからキャンバスを取り出した。明るいところで見ると、ところどころ絵の具が剝《は》がれて下の色が浮き上がっているのがわかる。見れば見るほど不格好な絵。何重にも塗り重ねた色がくすんで見える。

この絵を千冬くんが見た。それもわざわざ展覧会の会場にまで足を運んでくれただなんて。

『絵のことは……もう忘れて？』

もしかすると私はひどいことを言ったのだろうか。

どんな気持ちで千冬くんは私の絵を好きだと言ったんだろう。何を思いながらこれを見てたの？

ねぇ……千冬くん、私にはわからないことだらけだよ。

絵を胸に抱えながらそっと目を閉じる。浮かんでくるのは最後に見た苦しげで切なげな千冬くんの横顔。

100日病、昨日ネットでそれを検索するとたくさんの記事がヒットした。

正式な病名は『不可逆性体温低下症』というらしい。

『脳のCTですぐに診断がつくので、たまたま見つかることが多い病気である。治療法がない上に十万人にひとりという割合で難病に指定されている、原因不明の不治の病。

個人によって発症の時期はさまざまであるが、二年以内に発症するケースがほとんど。

発症すると脳の体温調節中枢が破壊されていき、じわじわと全身の体温が奪われていく』と書かれてあった。

読めば読むほど知れば知るほど怖くなり鼓動が速くなっていく。冬だというのに額には汗が浮かんだ。自然と呼吸も速くなって動悸《どうき》が止まない。これ以上何も知りたくないと脳が拒否している。

だけどスマホの画面を追う目は止まらなかった。不治の病だなんて、そんなのは何かのまちがいだ。きっと手立てはある。助かった人の体験談とか、参考になりそうな文献とか。

発症してても、治るよね？

『体は常に凍えた状態で触れると氷のように冷たく、どんなことをしても一度奪われた体温が元に戻ることはない。寒さに震えながら100日前後で死に至ることから100日病ともいわれている』

足がガクガクして膝《ひざ》からその場に崩れ落ちた。全身に力が入らず、どれくらいそうしていたのかはわからない。ただ信じられない気持ちでいっぱいだった。

その夜、お風呂《ふろ》上がりに部屋でぼんやりしているとスマホが鳴った。画面には『千冬くん』の文字。しかも電話だ。

「も、もしもし……」

無視できなくて緊張しながら電話に出た。

「あ、出た」

「な!?　出るよ？　だって電話じゃん」

かけてきといてその反応。まるで私が出ないと思っていたみたいな。

「ま、そうだな。今日きてくれたんだって？　悪いな、俺、爆睡してた。それと漫画もありがとな」

「ううん、体調は大丈夫？」

「うん。明日は学校いけると思う」

「それはよかった」

元気そうな声を聞けて安心したと同時に切なさがこみ上げる。

「じゃあそれだけだから。いきなりかけて悪かったな。また明日」

「うん、あ……」

「ん？」

優しく聞き返してくれる千冬くん。聞きたいことはたくさんある。だけど何をどう聞けばいいのかわからなくて言葉に詰まってしまった。

「……なんでもない。また明日ね」

「なんだそれ、じゃあな」

ひとことふたこと交わして通話を切った。声が聞こえなくなってからも、私はずっと画面から目が離せなかった。千冬くんからの初めての電話。嬉しいはずなのに苦しくて胸が張り裂けそうだ。未《いま》だに混乱していて『病気なんて冗談だよ』と言ってくれるのを期待している私がいた。


「よう」

教室に着くとすでにきていた千冬くんに声をかけられた。無表情だけれどそれが通常運転、久しぶりに顔を合わせてドギマギした。

「お、おはよう」

緊張気味に返すと、整った横顔がかすかにゆるんだ。

「なに緊張してんだよ」

「だ、だってなんだか久しぶりだから」

「昨日電話で話しただろ」

私はまだ戸惑っているよ。だってすぐに病気のことを『はい、そうですか』って受け入れられない。

今だってどんな顔をすればいいのかわからないんだ。

「おーおー、朝から仲いいねお二人さん」

「そうだそうだ、俺らにも幸せをわけろ」

「ふんっ、羨《うらや》ましいだろ」

「こいつー、マジで一回シメる」

檜崎くんや菊池くんとじゃれ合っている姿も普段通り。こうしていると千冬くんが100日病だなんてとても思えない。やっぱり何かのまちがいなんじゃないのかななんて、都合のいい解釈をしたくて。まちがいであってほしいと願わずにはいられない。

だけどその願いはホームルームが始まってすぐに打ち砕かれた。

私が落とした消しゴムを千冬くんが拾い、手渡してくれたときに不意に指先が触れた。

室内だというのにその手は氷のように冷たくて、心がギュッと押し潰《つぶ》されそうになる。私はとっさに千冬くんに笑顔を作った。

「……ありがとう」

鋭利な刃物でグサグサと貫かれるような感覚。無理に作った笑顔が引きつり、どうか気づかれませんようにと願う。

「もう落とすなよ、ドジ」

「ドジって……口が悪いなぁ、もう」

何事もない顔で千冬くんが笑うから私も笑う。もしかすると千冬くんは病気を前向きに捉《とら》えているのかもしれない。乗り越えて受け入れられたのかな。あのときはただ感傷に浸っていただけで、吹っ切れて強くなったのかもしれない。そういう強さを持っているのが千冬くんだ。

昼休み、飲み物を買うためにひとりで教室を出た。一番近くにあるのが一階の体育館のそばのコの字形に並んだ自販機だ。昼休みは騒がしくて体育館からボールをドリブルする音が聞こえてくる。

「ははは、そんでさーこいつマジになってやんの」

「負けたのがそんなに悔しかったのかよ」

あと少しというところで足が止まった。五人くらいの男子たちが自販機のそばでたむろしているのが見えたからだ。気にせずにいけばいいのかもしれないけれど怯《ひる》んでしまう。上履きの色からして二年生の先輩だった。ゲラゲラと大げさに笑う声や手を叩《たた》く音が聞こえて余計に先へ進めなくなった。教室から離れてるけど学食のそばの自販機にしようかなと思い、踵《きびす》を返そうとした。

「すみません、飲み物買いたいんでいいっすか？」

スッと私の横を通り過ぎた人物が先輩たちに声をかけた。

「あ、悪い、つーか俺らめっちゃ邪魔だよな」

「話に夢中で気づかなかったわ」

「そろそろ教室戻るかー、いい加減冷えるし」

「一年の有名なヤツだよなお前。梶、だっけ？」

「あー、こいつが。へぇ、イケメンじゃん。池上《いけがみ》ちゃんもご執心なわけだ」

「池上って、亜里沙《ありさ》ちゃん？」

「そうそう、ここんとこは落ち着いたけど入学当初は毎日のようにね。あ、俺サッカー部なんだよ」

「そうなんすか」

感情の読めない声で返事をする千冬くんは先輩相手にも堂々としている。

池上って誰だろう……。

「おーい、寒いから先いってんぞー」

「おう、俺もいく。あ、えーっと、じゃあな！」

先輩たちはぞろぞろと連れだって校舎へ戻っていった。それを見届けてから千冬くんが遠慮がちに振り返る。

「ほら、飲み物買うんだろ？」

もしかして私が困ってると思って助けてくれた？

ううん、もしかしなくてもそう。千冬くんはいつだって何も言わなくても助けてくれる。そのたびに私はちゃんと見ていてくれてるのがわかって嬉しかった。だけど今は苦しい。いなくなってしまうなんて思えなくて胸がヒリヒリする。

「早くしないと昼休みが終わるぞ」

「……ありがとう」

「はは、礼を言われることは何もしてないだろ」

「ううん、ありがとう」

「変なヤツだな」

千冬くんは困ったように笑った。体温が低いせいなのか、その顔は少し青白い。

ブレザーのポケットから小銭を取り出し自販機に投入する。私が飲み物を買うのを見届けてから、千冬くんは教室の方へ向かって歩き出したのでそのあとを追った。

隣に並んでいないのでもちろん会話はない。それなのにすれ違う人たちから好奇の目を向けられた。

私と千冬くんが付き合っているという噂はまだ生きているらしい。気まずくてうつむきながら校舎に入った。

「……はぁ」

「千冬くん？」

階段に差し掛かったところで急に千冬くんが立ち止まった。ふらつくのか体がフラフラと小さく揺れている。

「どうしたの？　大丈夫？」

「あー……、うん、ちょっとめまいがするだけ」

「めまいって……大丈夫じゃないじゃん。保健室いこっ！」

むんずとその手を取る。

「いいよ、大丈夫だから」

「だめだよ、無理しない方がいいって」

それでもまだ抵抗しようとする千冬くんをゆっくり歩かせて保健室へと引っ張った。

保健の先生は不在で、ドアのところに『会議中、用があれば職員室まで』という札がかかっていた。職員室までは遠い。千冬くんを歩かせるわけにいかず、ためしにドアに手をかけたら開いたので中に入らせてもらった。緊急事態だもん、仕方ない。あとでちゃんと説明すれば大丈夫だよね。慣れない消毒液のにおいと独特な雰囲気。

私たち以外には誰もいなそうだ。

「千冬くん、横になって」

「はぁ……頑固だな、ったく」

口では強がるものの千冬くんはおぼつかない足取りで倒れ込むようにベッドに入り、固く目を閉じた。眉間《みけん》に深いシワが刻まれて、相当無理をしていたのかかなりツラそうだ。

カーテンを閉め布団を顎先《あごさき》までかぶせる。それでも千冬くんの体の震えは止まらず、歯をガチガチと鳴らして寒さに耐えていた。

「あ、そうだ。これ使って」

カイロを忍ばせているのを思い出して、布団の隅っこから千冬くんの手に握らせる。

「ちょっとはマシかな？」

「ん……あんま、感覚がわかんねぇ」

「……っ」

「室内にいても、ずっと、冬なんだよ……冷たいの、俺の体。薬飲んでればマシな日もあるけど」

絞り出した声はあの時と同じでかすれていた。

私はとっさにカイロを握る千冬くんの手をつかんだ。

「千冬、くん……」

「俺にはもう……春は来ないんだ」

「どういう意味？」

千冬くんは目を閉じたまま何も答えなかった。

体温を奪われつづける千冬くんの体には、もう温《ぬく》もりが戻らないということ？

それとも春が来る前にいなくなってしまうってこと？　いなくなるっていう実感がいまいち湧かない。

もう会えなくなるってことだよね。それがどういうことなのか、これまでに誰の死も感じたことのない私には想像もつかない。

あれから三日、席替えをして千冬くんと席が離れてしまった。私は廊下側の前から二番目、偶然にもるいが私の後ろだ。千冬くんは真ん中の列の後ろから二番目。

「梶くーん、二年の先輩が呼んでるよー！」

昼休みになってすぐのことだった。

千冬くんの名前が教室に響いたことで、みんながドアの方に集中する。そこにはきれいな女の先輩が立っていた。目鼻立ちの整った美人さん。黒髪ストレートのボブカットで聡明《そうめい》な印象を受ける。大人っぽくて落ち着いてるから三年生だと言われても不思議じゃない。楢崎くんにからかわれながら千冬くんは気まずそうに立ち上がり、ポケットに両手を突っ込んで静かに教室をあとにした。薬のおかげなのか、今日は体調が良さそうだ。

「今のって亜里沙先輩だよね。相変わらず美人だわ」

興味津々といった様子でるいがつぶやく。

「え、知ってる人？」

「ん、まさか知らないの？」

目を見開くるいに頷いてみせる。

「まさか天使の亜里沙先輩を知らない人がいたとは……鈍いにもほどがあるよー！」

「天使の亜里沙、先輩……？」

たしかにすごくきれいな人だった。わざわざ教室まできて呼び出すってことは告白かな。それしかない。

こんな場面を見たのは今日が初めてではないけれど、千冬くんはいつも告白を断っているようで特定の彼女を作らなかった。だけどあんなきれいな人に言い寄られたら悪い気はしないはずだ。気になってモヤモヤする。本当はあとを追いかけたい。なんて答えるのか気になる。

「ねぇいいの？　亜里沙先輩に取られちゃっても。いくら誰にもなびかない梶くんでも、亜里沙先輩ならフラーッといっちゃうんじゃない？」

「な、なに言ってるの。取られるとか取られないとか……そういう次元で考える方がおかしいよ」

「だーって実際は気になってるでしょ？　さっきからちらちらドアの方気にしすぎだよー？」

図星だから何も言えずにいると、るいは察したのか小さく微笑んだ。

「風里は素直じゃないけど、思ってること全部態度や表情に出てるからね」

「うっ……」

「ふふ、亜里沙先輩には負けないでよね！」

なんて言いながら軽く肩を叩いてくる。

「敵《かな》うわけ、ないよ。あんなきれいな人に……」

そもそも対抗するつもりなんて毛頭ない。あんなきれいな人と私じゃ勝負にもならないし、結果はわかりきっている。それに……そんなんじゃない。そう、絶対に。

「お、千冬！　おかえりー！」

「なにその余裕の顔」

案の定というか予想通り、何食わぬ顔で教室に戻ってきた千冬くんを男子たちが取り囲んだ。

「マジでなんでお前ばっかモテるんだよー！」

「ほんとズルすぎなっ！」

「で、で？　亜里沙先輩なんだって？　告られたんだろー？　羨ましすぎる！」

「お前らには関係ないだろ」

ばっさりと一刀両断。

おそらく私を含む教室中の女子たちが耳をそばだてて会話を聞いていた。詮索《せんさく》されるのが嫌いな千冬くんは、言いふらすでもなくむしろ誰にも触れられたくないというようにピシャリと言い切り会話を終わらせた。もう何も聞けないような雰囲気だ。

予想はできていたけれど、気になりすぎて午後からの授業はほとんど手につかなかった。

もちろん本人に直接聞けるわけもなく、モヤモヤしたまま放課後の教室をあとにする。

「あ、小山内さん」

職員室の前を通ったとき、美術の先生に声をかけられた。四十代半ばの小柄な先生だ。目尻《めじり》がたれていて、それだけで優しそうに見える。

きっとスケッチブックのことだとわかった。

「提出してないのはあと小山内さんだけなんだけど、下絵は完成した？」

「すみません、えと、まだ何が描きたいか決まらなくて」

色々ありすぎてうっかりしていた。正直それどころじゃなかったからこれ以上どう言えばいいのかわからない。それに先生といえども、大人と話すのは苦手だ。いつもならうまく笑顔を作れるのに今日はそんな気も起きない。

「無理に描けといっても描けない気持ちも先生にはわかるからゆっくりでいいわ。提出期限は大目に見てあげる」

先生は可愛くウインクをしてみせた。厳しい先生とはちがってゆるくてほんわかしているのがありがたいけれど、私だけ特別待遇でいいのかなと少し居たたまれなくなった。

「完璧《かんぺき》を求めなくてもいいのよ。今の心情や心の丈を表現するの」

わかってる。でも描けないものは描けないんだ。今の私にはコンクールで金賞をったときのようにキャンバスにぶつけたくなるほどの強い想いが何もない。

昇降口から駐輪場へ向かう途中で千冬くんの後ろ姿を見かけた。その隣には千冬くんよりも一回り小さくて華奢《きゃしゃ》な亜里沙先輩がいた。

千冬くんの顔は見えないけど亜里沙先輩は千冬くんに笑顔を向けている。はたから見たらお似合いで絵になる二人。

告白の返事はどうしたんだろう。亜里沙先輩があんなに可愛く笑ってるってことは、うまくいったのかな。

二人は……付き合ってるの？

無意識に足が止まり、校門を出てから角を曲がるまでの間ずっと二人の背中から目が離せなかった。


「ただいま」

玄関を開けるとリビングから楽しそうな笑い声が響いた。お母さんと悠里の声だ。

一月中旬の今日、悠里が退院して家に帰ってきたからなのか家の中がいつもよりも明るく感じる。懐かしい空気だなと思いながら、私は洗面所で手を洗ってからリビングに顔を出した。

「お姉ちゃんおかえり！」

悠里がニコニコ顔で駆け寄ってきた。すっかり元気になったらしく、顔色もいい。

「悠里もおかえり。退院おめでとう」

「へへ、ありがと。僕も明日から学校にいけるんだ。楽しみだなぁ」

「そう、よかったね」

「うん！」

ふとキッチンからお母さんの視線を感じた。

なんだろう、私、何かしたかな。そんな目で訴えかけてくるお母さんに思わず背筋が伸びる。ああ、やだな、何か言われそうな気がする。こんなときに聞きたくないよ。

「二学期の成績が下がってたわ。学校で何を勉強してるの？　塾にもいってるんだからそんなんでどうするのよ。もっとしっかりしてちょうだい」

今さらそれを言うの？

二学期の通知表は三週間も前に渡したのだ。そのとき言ってくれればよかったのに、どれだけ悠里のことしか頭にないの。

お母さんの冷たい言葉が胸の奥深いところに突き刺さったまま消えない。いつもみたいにうまく笑えずにいると、小さくため息を吐かれた。

「塾だってお金がかかってるんだからね、まったく」

親が望んでいるのは優等生でいい子の私。それ以外はいらないということ。私はお母さんが思うようないい子じゃない。期待に添えるように無理して演じているだけ。

どうして……私ばっかり。悠里は体が弱いからという理由だけで無条件に愛されて、たとえ成績が悪くてもこんなふうに言われることはない。なんで私だけが言われなきゃいけないの。親らしいことなんて、ひとつもしてくれたことがないくせに。いつもなら笑えるのに、喉元《のどもと》まで出かかった言葉を無理やり奥に押し込める。

ああ、だめだ。落ちる、どこまでも。特に最近色々ありすぎて心に余裕がないから、そんなことを考えてしまうんだ。こんなことを思う自分……最低。でも止められない。心がぐちゃぐちゃだった。

その夜、お父さんが退院祝いにと悠里が好きなホールのチョコレートケーキを買ってきた。

お母さんお手製の悠里の大好物ばかりを並べた豪華な食卓にピッタリで、私はひとり、はしゃぐ悠里と嬉しそうな両親を遠くから冷めた目で見ていた。

日を重ねるごとに寒さは増して、気づけばすでに一月の下旬に差し掛かろうとしている。

朝からしとしとと降りつづく雨のせいで余計に気温が下がって体の芯《しん》から冷えるような寒さだ。肩をすくめ、身震いしながら渡り廊下を進む。木枯らしに吹かれて揺れる中庭のイチョウの木を横目にぼんやりしていた。前から歩いて来た人と肩がぶつかってハッとする。

「す、すみませんっ」

とっさに頭を下げると「いえいえ、こっちこそごめんなさい」と優しい声がした。

顔を上げるとそこにいたのは亜里沙先輩で、申し訳なさそうに眉を下げながら謝ってくれた。

近くで見るとよりいっそう美人なのがよくわかる。女子の私でもうっとりしてしまいそうなほど魅力的だ。勝てるわけがない。

「よそ見してんなよ」

え？

思わずギョッとする。なんで千冬くんが？

今になっていることに気づくなんて、どれだけボーッとしてたんだろう。目を白黒させる私に千冬くんは小さく噴き出した。

「じゃあ先輩、俺はこの辺で」

「えー、まだ話が終わってないよ」

「でも次移動教室だからそろそろ戻らないと」

「そっか。残念だけど仕方ないかぁ」

「失礼します」

軽く会釈し千冬くんは来た道を戻るように歩きだす。私も先輩にペコッと頭を下げて千冬くんの隣に並んだ。

「よかったの？　先輩は」

どんな関係なの？

本当はそう聞きたいのに聞く勇気がない意気地なしな私。

「全然。それよりなんかあった？」

「え？」

言い当てられてギクリとした。

「この前からずっと、何か言いたそうな顔してる」

それは……千冬くんと亜里沙先輩のことが気になるからだよ。そう言えたらどれだけいいかな。

「……俺があんなこと言ったから？」

千冬くんのその声にはさっきまでの力はなく、ちらっとこちらを振り返った瞳《ひとみ》が戸惑うように揺れた。

『あんなこと』それは何を指す言葉なのだろう。

１００日病のこと？

それともこの前の保健室でのことかな。

「色々言って戸惑わせて悪かったな。ふうのことだから、俺以上に思い悩んでるんだろうなって思ってた。でも俺は大丈夫だからさ」

大丈夫って、本当に……？　そんなふうに見えないよ。言葉になりそうなのをこらえる。

「ふうに心配してもらうほどヤワじゃないから」

そう言われてしまっては他に言いようがなくて黙り込むしかなかった。

思い返せばこれまでに千冬くんの弱った姿を見たのは病気のことを打ち明けられたときだけだ。いつだって私の目には眩《まぶ》しすぎる存在で、憧れで、頼りになって、優しくて。いつもそんな千冬くんに救われていた。

だからこそ私も千冬くんの力になりたいのに。でもそれは私の勝手な思い上がりでエゴでしかない。

ツラいときや苦しいときに、千冬くんにも手を差し伸べてくれる人がいるのかな。

もしかするとそれは亜里沙先輩なのかもしれない。私には言えないようなことも言っているのかも……。

放課後になっても雨は降りつづけた。自転車は学校に置いたまま徒歩で駅まで向かい、そこからバスに乗り込む。ブレザーのポケットに忍ばせたパスケースを取り出し機械にかざすとカシャンと何かが落ちた音がした。

見るとパスケースに絡まっていたらしいハーバリウムのキーホルダーが転がっていた。

雨のせいかバス内は学生で混雑しており動くのに一苦労だ。

近くにいた人の足に当たって止まったのを見て、しゃがみ込んでそっと手を伸ばす。

「……あ！」

キーホルダーが踏まれそうになり焦った。

だめ……！

「うわぁ、ごめんなさいっ」

困惑顔のブレザー姿の男子生徒はあたふたと動揺している。

うそ、やだ……。

ボトルのフタが割れて中のオイルと花びらが飛び出していた。慌てて拾い上げたけれど半分以上もオイルが漏れてしまっている。

千冬くんがくれた誕生日プレゼントだったのに……。

どうしよう……泣きそうだ。

「あの、ほんとすんません。大丈夫ですか？」

「は、はい……、こちらこそすみません」

歯を食いしばって返事をした。ショックを受けてることを悟られたくない。それにこんなところで泣くなんてみっともない。そっと頭を下げてバスの後方へ移動した。

ボトルをハンカチに包み、まっすぐに立ててブレザーのポケットにしまう。何度も中身を確認しながらバスに揺られた。ついてないときって、とことんそれが続くから嫌になる。お気に入りだったのになぁ……。千冬くんが初めてプレゼントしてくれた特別な物だったから。

やっぱり割れてる。

マンションに着くとリビングへは寄らずに部屋へ入り、ハンカチに包《くる》まったボトルを取り出した。

そしてフタがはまらないのを確認して落胆する。もう元には戻せない。オイルを足したとしても、まったく同じ状態にするのは難しい。

これじゃあ持ち歩くのも無理だ。

もうやだ、最悪。それでもどうにかして直せないかな。中身はオイルを足して花びらを戻せばなんとかなりそうだけれど問題はフタの部分。まったく同じ物を見つけるのは至難の業だろう。

どれくらいぼんやりしていたのかはわからない。外が暗くなりはじめていることに気づいたので、部屋の電気をつけた。

「ちょっといい？」

その直後、お母さんがノックもせずに部屋のドアを開けた。厳しい表情で腕組みをしながらズカズカと押し入ってきた。

「塾をサボったんですって？　それも一度や二度じゃないそうね。その間いったいどこで何やってたの？」

ヒヤリとするほど冷たい瞳を向けられた。まただ、またこの瞳。心底私に絶望したといった、そんな瞳。胃が締め上げられる感覚がした。

うまい言い訳を探すように唇がかすかに動く。だけど声にならなくてヒュッと空気がもれるだけだった。

「聞いてるの？　ちゃんとやってるもんだと思ってたのに何をしてたのよ。風里が何を考えてるか全然わからないわ。思えば昔からそうよ。いつだって何を考えてるかわからない」

……バレた、いつかはこんな日がくると思っていた。お母さんは私を見るとき、どうしてそんな目をするんだろう。

「黙ってちゃ何もわからないでしょ？　いつからそんな反抗的な子になっちゃった

の？　塾だってお金がかかるって言ったでしょ？　わかってるの？」

不意に拳《こぶし》を握った。

私が『塾にいきたい』なんていつ言った？

グッとこらえた言葉が喉元を熱くする。いつだってお母さんが望むいい子でいたつもりだった。それでもやっぱりお母さんの望む完璧な姿にはなれない。いい子でいるのがもう疲れた。

「悠里はあれこれ何でも話してくれるのに、どうして風里はこんなふうになっちゃったの？　塾にいきたくないならそう言えばよかったでしょ？　どうしてそんなことも言えないのよ」

「……っ」

全身がカーッと熱くなった。胸の奥からこみ上げる衝動を抑えきれない。

「話そうとしても……まともに聞いてくれなかったのはお母さんじゃん！」

私のことなんて何も知らないくせに。何も知ろうとしてくれない。興味がないんでしょ。

『悠里はあれこれ何でも話してくれる』

そりゃそうだ、ずっとお母さんがそばについてるもんね。いつだって悠里、悠里、悠里。私の学校行事には一度も来てくれたことがない。熱が出ても『寝てればすぐに治るわ。悠里にうつるといけないから部屋で休んでて』。せめて風邪を引いたときくらい『大丈夫？』って、優しい言葉がほしかった。

だめだと頭ではわかっている、それなのに止まらなかった。

「お母さんにとって……私って、なに？」

「何を言い出すのよ、急に。今はそんな話をしてないでしょう。素直に謝ればいいものを、自分のことを棚に上げて話をすり替えないでちょうだい」

はぁとこれみよがしにため息を吐かれた。どうして伝わらないんだろう。お母さんはこんなときでもいい子の私を望んでるんだ。それ以外はいらないんだ。キツく唇を噛《か》みしめる。

「私は……っお母さんが望むようないい子にはなれないよ。必死に演じてたけどもう無理……っ。こんな私、もういらないでしょ？　だったらもうかまわないでっ！　悠里のことだけ見てればいいじゃん！」

ハァハァと大きく息をする。落ち着け、私。感情的になるな。

「負担かけないようにできるだけ家のことも手伝って、私なりに精いっぱい頑張ってきた。それなのにお母さんは何ひとつ認めてくれたことないよね。お母さんには悠里さえいればいいんだもんね……」

私のことなんてこれっぽっちも目に入ってなくて、頭の片隅にさえ置いてもらえてはいないだろう。

「お母さんには私の気持ちなんてわかんないよっ！」

「ちょ、待ちなさい、どこいくの！」

「ほっといてよ！」

とっさにお母さんの手を振り払い駆け足で部屋を飛び出した。力任せにマンションのドアを開けて外へと走る。階段を駆け下りて駐輪場をすぎてからも、ひたすら走った。もうやだ、何もかも。どうしてこんなことになっちゃったの。目にじわじわ熱い雫《しずく》が浮かんで腕で涙を拭う。つい我慢ができなくて思っていることをぶちまけてしまった。

「はぁはぁ……っ、くるし」

桜が峰公園のベンチのそばまできたところで足が止まる。着の身着のまま、制服のセーターで飛び出してきたからコートはおろか、マフラーや手袋さえしていない始末。雨は止んだものの、夜になって気温がグンと下がり凍てつくような寒さだ。呼吸を整え、空を見上げる。雨上がりの夜空には霧がかかり、月がぼんやり霞《かす》んで見えた。そのままそろそろと少し湿ったベンチに座り、未《いま》だ乱れる呼吸を整える。

勢いで飛び出してきたはいいものの、これからどうするかなんて考えていない。呼吸が落ち着いてきたところで顔を上げると街灯のそばに佇《たたず》む人影を見つけた。シルエットからしてすぐにわかる、あれは千冬くんだ。こっちを見ているような気がする。

「……千冬くん？」

「バレたか」

そう言いながら千冬くんは近づいてきた。そして私が座るベンチの前にそっと立って頬をゆるめる。

「やっぱり何かあるとここなんだな」

「千冬くんこそ……なんでっ」

どうしていつも私がいるところに現れるの。目に浮かぶ涙をそっと拭う。弱ってるのを知られたくない。これ以上、みっともないとこ見せたくないよ。

「何かあったんだろ？　遠慮せずに思いっきり泣けば？」

千冬くんは優しくそっと私の頭を撫《な》でてくれた。その手はとても冷たいのに、じわじわと胸の中に温もりが広がっていく。

泣かない、絶対泣かない。そう思うのに目の前が涙でボヤけはじめた。喉の奥がカーッと熱い。少し動くだけでこぼれ落ちそうだ。必死に歯を食いしばり涙をこらえる。

「俺にだけは弱さを見せてくれていいから」

優しい言葉が胸に沁《し》みて熱い涙の雫が頬に流れた。昔みたいに、こうやって寄り添ってくれる千冬くん。

誰にも弱さを見せたくなくて強がって何でもないフリをしてきた。素直に『ありがとう』と言えなくてヘラヘラ笑って『大丈夫だよ』って……。

でも本当は……私は千冬くんの優しさに甘えてこんなふうに泣きたかったんだ。

「……っ」

セーターの裾《すそ》で何度も何度も涙を拭う私の頭を、千冬くんは黙ったまま撫でつづけてくれた。何も言わないのもまた優しさなのだろう。その優しさにどれだけ救われてきたかはわからない。いつだって千冬くんは私のそばにいてくれた。

「……お母さんと、喧嘩《けんか》、しちゃったっ……それで思わず家を出てきたのっ」

ようやく涙が落ち着いてきて、思いを吐き出すように言葉を紡いだ。

「ごめんね……みっともないとこ、見せて……」

「ふうでも親と喧嘩とかするんだ？」

「初めてだよ、反抗したのは……これまでずっといい子でいたから」

「はは、学校でも優等生を演じてたもんなぁ」

千冬くんにしては珍しく明るい笑い声を上げた。

「もう！　またバカにして……」

「ははっ」

わざとなのか、空気が重くならないように努めてくれる千冬くんの優しさをまた実感して涙がにじんだ。

「でもさ、言いたいことが言えたってことだろ？　それって進歩じゃん。溜《た》め込むよりもずっといい。頑張ったんだな」

「……そんなんじゃ、ないよ」

心のどこかでは事の発端になった塾をサボった自分が悪いとわかっている。あんなふうに反抗的な態度を取った私に、お母さんは呆《あき》れ返っただろう。いい子じゃなくなった私を受け入れてもらえるかどうか……。

「親なんだし、ちゃんと話せばわかってくれるよ。ふうは昔から何でも言わなすぎるから、たまに爆発したっておかしくないだろ」

「でも……」

もしも、わかってもらえなかったら？

今さら何を言ってもすでに遅いかもしれない。事実を確かめるのが怖いから、向き合いたくないとさえ思う。

「そのときは……俺が抱きしめてやる」

「えっ……？」

何も言っていないのに察してくれたらしく、聞き慣れない言葉に思わず耳を疑った。

抱きしめて、やる……？

千冬くんが私を？

「冗談だろ、真に受けるなよ」

「も、もう……っ！」

びっくりしすぎて心臓がバクバク高鳴った。外が暗くてよかった。明るかったら真っ赤なのを見られるところだった。

「けどまぁ……本気で慰めてほしかったら言えよ。胸を貸してやることはできるから」

真剣な眼差《まなざ》しにトクンと鼓動が跳ねた。自分でも慣れないことを言ったと思ったのか、ガシガシと頭を搔《か》く千冬くん。

私を肯定して受け入れてくれる大切な存在。そんな千冬くんを他の誰よりも大切にしたい。そして私も千冬くんにとってそんな存在でありたい。千冬くんの特別になりたいなんて、そう願うのは贅沢《ぜいたく》かな。

「見てるだけで寒い」

そう言いながら私の首にマフラーを巻くと、千冬くんは隣に腰かけた。寒さ対策なのかマフラーを二枚巻いてきたようだ。コートのポケットに入っていたカイロをひとつ私の手に握らせると、反対側のポケットからまたひとつカイロを出して千冬くんは自分の手を温めた。

「寒かったら言えよ。まだカイロ仕込んでるから」

「大丈夫だよ、ありがとう」

さっきまで霞んでいた夜空が晴れて、きれいな満月が浮かんでいる。

「それにしてもよく公園で会うよね。もしかして毎日きてる？」

「あー……、見えるんだよ俺の部屋から公園が」

「へぇ、でもそれで私ってわかるの？」

「わかるよ」

不意にこちらを振り向いた千冬くんと至近距離で目が合った。月明かりに照らされたきれいな顔を間近に見て、私の心臓は悲鳴をあげる。

男らしくてまっすぐな眼差し。目鼻立ちのくっきりとした輪郭と尖《とが》った喉仏は影を見てもはっきりとわかった。

もう小学生の頃の私たちではないんだとひしひしと感じる。

「お前みたいな特徴あるヤツ、遠くから見てもすぐにわかるって意味だかんな。変な意味なんかないからな？」

「わ、わかってるよ」

お互いに距離を取って視線をそらす。千冬くんはプイと私に背を向けた。動揺が伝わってきていつまでもドキドキが鳴り止まない。

冷たい風が吹き、冷静になれと言っている。

ふと隣を見ると千冬くんが小さく震えているのがわかった。たくさん仕込んだカイロも意味がないらしい。

寒いはずなのにこんな私に付き合ってくれる彼の優しさが痛い。こんなにも……胸が痛いよ。

ねぇ、千冬くんは凍えそうな寒さの中にずっといるの？

千冬くんの心は温かいのに、少しの温もりも感じないって本当？

ねぇ……いなくなるって本当？

死ぬなんて、死ぬ、なんて……認められないよ、嫌だよ、苦しいよ。切なさがこみ上げてきて私はまた歯を食いしばった。

「ふうなら大丈夫だ、何があっても」

そうつぶやいた千冬くんの声が夜の闇に溶けて消えた。不思議、やっぱり千冬くんには勇気をもらえる。私にとってなくてはならない大切な存在。

大きく息を吸い込んで玄関のドアに手をかけた。ちがう意味で心臓が破裂しそうだ。

他にいく宛もない私には家に帰るという選択肢以外残されていなかった。

大丈夫、私は大丈夫。千冬くんがそう言ってくれたんだもん。

いつまでもこうしているわけにはいかない。そう思って意を決してドアを引いた。

「！」

玄関先で待ち構えていたらしいお母さんを見て目を見張る。

「何時だと思ってるの？」

心臓が痛い。私はますます居たたまれなくなってパッと目をそらしてうつむくと、お母さんを押しのけて部屋へと入った。

大丈夫と千冬くんは言ってくれたけど、無理だよ。全然無理だよ。やっぱり私には無理なんだよ。

電気をつけると壁に立てかけていたキャンバスが床に倒れていた。家族旅行の思い出、透明な海、眩しい太陽の光。どれもが遠い昔のことのよう。もうこの頃には戻れないのかな。

家族が寝静まったあとでシャワーを浴びてベッドに入った。なかなか寝つけず、あちこちに寝返りを打ってはため息ばかり。ようやく眠気がきたと思ったときには空が白み夜が明けはじめていた。

眠るのを諦《あきら》めた私はのそのそと起き上がり、部屋のカーテンを開けて空を見上げた。東の地平線から太陽が顔を出し、あたりが薄赤色にキラキラと輝いている。朝焼けの空が見られるなんて、どれほど早起きなんだろう。ほとんど寝ていないから早起きとは言えないかもしれないけれど、浮かぶのは千冬くんの顔だった。

『ふうなら大丈夫だ、何があっても』

そう思ってくれてる千冬くんのためにも、このまま逃げつづけるわけにはいかない。だからといってすぐに向き合えるわけではないのも事実。どうすればいいかわからなくて、家を出るギリギリの時間まで私は部屋に留《とど》まった。お母さんは部屋にもやってこない。きっともう私に対して呆れ果てているんだろう。やっぱり向き合うなんて無理だ。怖い。とりあえず一旦《いったん》学校にいって落ち着こう。その間にどうするべきなのかを考える。それまでは逃げたっていいよね。

いざとなると怖くて私はリビングへ寄らずに玄関へ向かった。ローファーに足を通しドアノブに手をかけた瞬間、リビングのドアが開く音がした。心がズシッと重くなり、息をするのがままならない。緊張感と不安でいっぱいになっていく。

「風里、待って」

ビクリと震える体。お母さんがどんな顔をしているのかがわからなくて、振り返ることができなかった。

「これ、持っていきなさい」

お母さんの声は昨日とはちがって冷静だった。恐る恐る振り向くと、遠慮がちに差し出されたランチバッグが目に入る。

なんで……？

いつもは購買で買ったり、コンビニだったり、学食だったり、時間があれば自分で適当に詰めたりしていたお弁当。お母さんが作ってくれるのは本当に久しぶりだった。

突然の出来事に放心してその場で固まる。いい子ではない私はいらないはずで、お母さんは私に呆れ果てて何も言わなかったんでしょう？

「ごめんね……こんなことじゃ許してもらえないのはわかってる。でも風里はしっかりしてるから大丈夫だろうって思ってた。いつも、何か言いたそうな顔をしてたのを知ってたのに……話を聞こうともしなかった」

お母さんはそっと目を伏せた。

「あなたを頼りにしすぎていたのね。風里の本音を聞いて驚いたわ。悠里のことで頭がいっぱいで、お母さんが何も言えなくさせてたのよね。ごめんね……」

「……っ」

なんで、やだ。

ブワッと涙がこみ上げて慌てて下を向く。

「昨日、風里の部屋で偶然キャンバスを見たの……すごくきれいな絵だと思った。コンクールで金賞をとったって聞いたとき、どうしてあんなにひどいことを言ったんだろう、なんで絵を見ようともしなかったんだろうって……頑張ったね、すごいねって……言ってあげられなかったんだろうって……後悔したの。つい忘れがちだったけど、風里はまだ子どもなんだよね……」

なにを今さら……っもう、遅いよ。涙に濡《ぬ》れた視界がゆらゆら揺れる。胸が痛くてスクールバッグの持ち手をギュッと握った。

苛立《いらだ》ちと焦燥とほんの少しの後悔で胸の奥がヒリヒリ痛む。

「……っ」

私は本当はずっとお母さんにこっちを向いてほしかった。ただ寂しかっただけだったんだ。

「無理させちゃってごめん……悠里のことで我慢もさせたと思う。今度からは風里の話もちゃんと聞くから……」

どうにもこらえきれなくなった涙が頬に流れた。謝ってほしかったわけじゃない。だけどたったそれだけで胸にたまった黒い影がスーッと引いていった。ほしかった温もりに手を伸ばすことを諦め、見ないフリをしてきた。いらないって突っぱねて、いい子でいることに必死だった。だけどそれはまちがっていたのかな。話せばわかり合えることはたくさんある。それをしようとする勇気が、強い心が私にはなかっただけ。

何かを変えようとするのは難しいけれど、自分が変わろうとしなきゃ何も変わらないんだと思い知った。

下を向いたまま手を伸ばして、お母さんの手からランチバッグを受け取る。とてもじゃないけど顔は見られない。

「塾をサボって、ごめんなさい……いって、きます」

ドアを開けて外へ出る。閉まる間際に「いってらっしゃい」というお母さんの小さな声が聞こえたような気がした。鉛のように重かった心がスッと晴れていく。歩いていると自然とスピードが速くなって胸が弾んだ。

どうしてだろう、今すぐ千冬くんに会いたい。千冬くんが励ましてくれたからお母さんと向き合おうと思えた。会ったら一番にお礼を言いたい。バスに乗って学校へ向かう。学校が近くなるにつれて気持ちが急《せ》いてドキドキしてきた。

停留所につき歩いていると、昇降口の片隅に身を寄せる男女の姿が目に留まった。千冬くんと亜里沙先輩だ。何やらただごとじゃない雰囲気で、亜里沙先輩はうつむき涙を拭っている。それを千冬くんが困り顔で宥《なだ》めているようだった。

はたから見たらカップルの喧嘩っぽく見えなくもない。すっかり頭から抜けてたけど、二人の姿に急に現実に戻った気になった。チクンと胸が痛んで、徐々にモヤモヤが大きくなっていく。見なかったことにして私はそのまま二人のそばを通り過ぎた。

第五章　明日を夢見る

立春から三日後の朝、二月にしては珍しくぽかぽかとした陽気だった。スマホニュースでは春一番が吹いたと大々的に取り上げられていて、全国的にも今日一日は穏やかな気候になるらしい。太陽の光がさんさんと降り注ぎ春の訪れを感じさせる。カーテンの隙間《すきま》から広がる空はずっと眺めていられそうなほど青々としていた。

「おはよう、日曜なのに早起きね」

朝早くに目が覚めリビングに顔を出すと、キッチンにいたお母さんが目を丸くした。

「うん、目が覚めちゃって」

「そう」

まだぎこちなさはある。それでもお母さんは前よりも私を気にかけてくれるようになった。

『おはよう』

『いってらっしゃい』

『おかえり』

『おやすみ』

交わす言葉はその程度。だっていきなり打ち解けるなんてやっぱり無理だし。すぐにわだかまりがなくなるわけではないけれど、たったひとことをもらえるだけで全然ちがう。むず痒《がゆ》いというかくすぐったい、変な感じ。

まだ少し時間はかかると思う。でも確実に前に進んでいる。このままゆっくり時間をかけて、いつかお母さんと本音で話せる日がくればいい。

朝ご飯を終えて部屋に戻り、特に目的もなく机に向かった。考えないようにしてみても意識のどこかに千冬くんのことがある。

私は信じたくないんだ……千冬くんがいなくなってしまうのをウソだと思いたい。

置きっぱなしになったハーバリウムのキーホルダーをそっと手に取る。

そういえばまだ一ヵ月以上も先だけど、来月の二十日は千冬くんの誕生日だ。キーホルダーも水族館でのイルカのストラップも、もらったときはすごく嬉《うれ》しかった。

何かお返しがしたいけれど迷惑だろうか。だってもしかすると亜里沙先輩と付き合っているかもしれないから。でも友達として、幼なじみとしてならいいよね。

たくさん助けてもらったから何かお礼がしたい。何をあげたら喜んでくれるかな。

千冬くんが好きなものを思い浮かべてみる。

サッカー、桜……それから。

『ふうの絵が好きだよ』

私の……絵。

「出かけるの？」

「うん、絵を描きにいこうかなって」

「絵？」

お母さんが眉《まゆ》を寄せた。

『なんの役にも立たないじゃない！』

またそう言われるような気がして反応を知るのが怖い。お母さんの顔が目に入らないように軽くうつむく。

「いって、きます」

「いってらっしゃい、頑張ってね」

お母さんの声はまるで私を応援してくれているかのように優しかった。

胸の奥からじわり、温かいものがこみ上げる。

単純にもそのひとことで認めてもらえた気になった。

弾む足取りで家を出て桜が峰公園へと向かう。

春みたいに穏やかな陽気のせいか、外で遊んでいる子どもたちはコートを脱いで走り回っている。私は花壇のそばの石垣に腰かけ、鞄《かばん》からスケッチブックを取り出した。ふわりとした暖かい風が吹いて、春の息吹を肌で感じる。そういえば千冬くんと初めて話したのも春だったなぁ。懐かしいなぁ。

『絵うまいな。俺、ちふゆっていうんだ。よろしく！』

幼稚園でのお絵かきの時間にたまたま隣に座っていた彼が得意げに鼻の下をこすりながらそう言った。

ちふゆ、くん。

絵を褒められたのが嬉しくて、ぎこちなく笑い返したのを覚えている。

『あ、ありがとう……私はふうりだよ』

『じゃあ〝ふう〟だな。俺は〝ちふゆ〟な』

『う、うん、わかった』

あまりにもキラキラとした目を向けられて、まるでそうするのが当然かのように頷《うなず》いてしまった。ちふゆくん。私にとって千冬くんは最初から千冬くんだった。

サッカーや体を動かす遊びが大好きで、四月の寒い日でも半袖《はんそで》で外を走り回っているような男の子。お絵かきだとつまらなそうなのに、外に出るとたちまち元気いっぱい。いたずらっ子で、よく食べ、よく寝て、幼稚園から帰っても桜が峰公園でサッカーボールを蹴《け》っていた。

夏がくる頃にはすっかり仲良くなって、外でよく一緒に遊ぶ仲になった。千冬くんはいろんな遊びを知っていて、いつもみんなの輪の中心だった。

『お絵かきなんてつまんねーよ。俺、絵がヘタだしさ』

ある日のお絵かきの時間。色鉛筆をスケッチブックにいったりきたりさせながら千冬くんが唇を尖《とが》らせた。

『それパンダ？』

『うん。千冬くんは、犬？』

『ちがうよ、ラクダ』

ラクダ……？

『けど、全然ラクダっぽくなんねーの！　あー、外でサッカーがしたいなぁ』

園庭を眺めながらふてくされてる姿を見て、思わずクスクス笑ってしまう。私は千冬くんの絵にラクダのコブを加えた。

『見て、これでラクダっぽくなったよ！』

『うわっ、ほんとだ！　すげーな！』

『うふふ、コブを描いただけだよ』

それでもすごいと絶賛してくれる千冬くんに、私はさらに笑顔になった。思えば千冬くんが褒めてくれるのが嬉しくて絵を描いていたような気がする。もともと好きだったのがさらに好きになった。

理由はきっとそんなささいなことだった。

どうして今になって思い出したりするんだろう。何も考えずに無邪気に笑い合っていた時は楽しかったな。

時間は絶えず流れていき、もうあの頃には戻れないんだと思い知る。もうあの頃の私たちとはちがう。私は千冬くんのためにいったい何ができるのかな。思いつくのは絵を描くことくらい。千冬くんが望むのなら、唯一私にできることをしてあげたい。

そんなことを考えたら胸が苦しくて仕方なくなる。

してあげたいだなんて私のエゴじゃないのかな。そんなことを望んでないかもしれないのに。でも……何かしたいの。千冬くんのために。鉛筆を握りしめ、スケッチブックにあてがう。だけどどうしても、そこから先に進まなかった。


「めちゃくちゃ噂になってるよね、梶くんと亜里沙先輩。風里と梶くんは、なぜか別れたってことになってるし。有名人はいちいち騒がれるから大変だね」

るいがホットカフェラテに口をつけながらふぅと息を吐く。思いの外あの日の二人の目撃者が多くて、学校でトップになるほどの大ニュースになった。

私と千冬くんはみんなの中で終わったことになってるらしく、亜里沙先輩のインパクトの方が強いせいか、そこまで私に注目する人はいなかった。

廊下を歩いても視線を感じることはなく、コソコソと言われることもない。正直ホッとしている。だけど。

「実際のところ風里はどう思ってるの？」

学校帰り、るいが行きたがっていたカフェへと誘われ向かい合っている。シックで落ち着いた店内にはお客さんはほどほどに埋まっている程度でそこまで騒がしくはない。

「どうって……お似合いだなって思うよ。二人はどう見ても釣り合ってるし絵になるよね」

「いや、まぁそうだけどさぁ、悔しくないの？」

悔しいとはちょっとちがう諦《あきら》めにも似たこの気持ち。

「……敵《かな》わないよ、あんなきれいな人に」

そう、敵わない。私なんかよりも亜里沙先輩との方がお似合いだ。そうやって比べること自体おかしな話だけれど。って、これじゃあ千冬くんを好きだと言ってるみたい。好き……なんて。ありえないと思いつつ、でもどこか心に引っかかる。千冬くんを想うと胸が苦しくてたまらないのはどうしてだろう。

「亜里沙先輩より風里との方がお似合いだけどなぁ。だって梶くんって明らかに風里だけ特別扱いしてるしさ」

「そうかなぁ？　そんなことないでしょ」

「ううん、そうだよ。だって他の女子には冷たいじゃん」

ううん絶対に何か勘違いしている。

るいがからかうようにクスッと笑った。きっと、ううん絶対に何か勘違いしている。

そんなに暖房が効きすぎているわけでもないのに、全身が火照《ほて》って私はパタパタと手で顔を扇《あお》いだ。気持ちを落ち着けようとホットカフェラテを口に運ぶけれどさっきよりも甘い気がする。うう、るいのせいだ。変なことを言うから意識してしまう。

「ふふ、風里ってば真っ赤になっちゃってかっわいーー！」

「もー……イジワルだなぁ」

千冬くんのことは人として好き。それ以上でもそれ以下でもない、はず。それなのにどうして亜里沙先輩のことがこんなに気になるの。

「うちらの仲も進歩してるよね。風里が前より話してくれるようになって嬉しいな。それに雰囲気もちょっと変わったよね」

「変わった？　私が？」

「うん。寺田さんや紺野さんに対する態度がちがうっていうか。最近はなんでも引き受けたりしないでしょ？　うまくかわしたり、一緒にやるよってスタンスだもんね。いいと思う」

「梶くんの影響かなぁ」なんてそんなふうに言いながら、るいはさらに目を細める。

私はしどろもどろになりながらさっきよりも真っ赤になった。

「なんでもかんでも引き受けることが、必ずしもいいってわけじゃないってわかったからかな」

そうだと知ってても、自分には無理だと思いこんで変わる努力をしてこなかった。

『無理に引き受けてまでふうがツラい思いをするのは嫌なんだよ』人からの頼みを断れなくて弱かった私。千冬くんにそんなふうに思わせてしまう自分自身が嫌で変わりたいと思った。

「進展があったら教えてね。全力で応援してるからさ」

るいの勘違いを払拭《ふっしょく》できないまま、気づけば外はもう薄暗くなりかけている。何時間でも喋《しゃべ》っていられそうだけれど、飲み物がなくなったのでそろそろ出ようかという流れになった。

「そういえば週末バレンタインだね。チョコ渡して告白しちゃえばー？」

「も、もう、ほんとそんなんじゃないんだからね」

弾《はじ》かれるように椅子から立ち上がりレジへと向かう。いつまでもドキドキと変な胸の鼓動が収まらなかった。

夕暮れ時の駅前はたくさんの人であふれている。

「どうするー？　帰る？」

「そうだなぁ、まだ話し足りないけど明日も学校だもんね」

「あたしも同じこと思ってた！　っていうか、お腹ペコペコ。ファミレスいきたいけど、明日小テストあるし予習しなきゃだよね」

なんとなく帰る流れになり、カフェから歩いて移動する。

「ねぇあれって梶くんじゃない？　久住くんもいる」

「え、どこどこ？」

あたりを見るとすぐにわかった。どこにいてもすぐに見つけることができるのは、私にとって千冬くんが特別な存在だからなのかもしれない。

「おーい、風里ちゃーん！　るいちゃーん！」

「げっ、見つかった！」

人目も憚《はばか》らず、久住くんが大きく手を振るものだから注目を浴びてしまった。近くにいた女子高生たちが千冬くんを振り返り、きゃあきゃあ言っている。

当の本人は目も合わせず華麗にスルーしながらこちらへ歩いてきた。

「どっかいくの？　俺らはカラオケの帰りなんだよね。なんならこれからどっか行こうよ」

「あたしら今から帰ろうって言ってて。あ、そうだ！」

いいこと思いついた、とでも続きそうなるいの弾む声。

「久住くん、ちょっと今からあたしに付き合ってよ。お腹ペコペコだからファミレスで一緒にご飯食べよ！」

「え、ファミレス？」

「そうそう、空気を読んで。ね？」

何かを企《たくら》むようなるいの顔。それを見た久住くんまでもが意味深にニヤリと笑う。

「あー、そういえば俺も腹減ったし、ちょうど何か食いたかったんだ。千冬は風里ちゃんと一緒に帰れよ」

おせっかいな似た者同士の二人が、からかうように私たちを見てくる。

「風里、また明日ね！」

るいめ……。

「あいつら、バカだな。不自然すぎる」

「だだ、だね！」

「ま、いーや。帰ろうぜ」

千冬くんの隣を歩きながら、マフラーに顎《あご》を埋《うず》めた横顔をちらちら見つめる。

あと何回ぐらい一緒に並んで歩けるんだろう。あとどれくらい一緒にいられるのかな。

「この店、まだあったんだな」

ハーバリウムの店の前を通った時、千冬くんがふとつぶやいた。

「聞こうと思ってたんだけど、このお店でキーホルダー買ったの？」

「え、まだ持ってんのかよ？」

なぜか驚かれてしまった。

「もちろんだよ、千冬くんが初めて私にプレゼントしてくれた大切なものだもん。一生大事にする」

とはいっても、壊れかけなんだけど。

「一生とか、大げさだな」

そう言いながらも、千冬くんの横顔は嬉しそうだった。そして恥ずかしそうにここで買ったものだということを教えてくれた。


翌日の放課後、私はひとりで駅前のハーバリウムの店に向かった。

「あの、すみません」

明るい雰囲気にそわそわして落ち着かない。意を決して店員さんに声をかけるとふんわり優しい微笑みを返してくれた。

「これって直せますか？」

千冬くんからもらったハーバリウムのキーホルダーのボトルを店員さんの目の前に差し出す。

「あらら、見事にフタが割れちゃってるね。中のオイルも半分以下くらいかな」

若い女性店員さんが私の手元を見ながら眉根を寄せる。

「大切な人からもらったものなんです。どうしても元通りにしたくて」

「完全に元通りにするのはちょっと難しいかもしれないなぁ。花びらの位置とかデザインは変わっちゃうから。オイルと花びらを足してフタを替えればまた使えるようにはなるわね。どうする？」

「お、お願いします」

「わかりました。すぐに済むから少し待っててもらえるかな」

店員さんの言った通り五分ほどで修復は終わった。中のオイルと桜の花びらの数は同じでもデザインは変わってしまった。まるで別のものみたい。どうして落としたりしたんだろう。デザインが変わっちゃったら意味がないのに。それでも千冬くんがくれた大切なものにはちがいない。

「これって男の子からプレゼントされたものだったりする？」

「え？」

「これね、恥ずかしながら私が作ったものなのよ。まだお店を始めた頃のことだったからよく覚えてるの」

店員さんはどこか懐かしむように微笑んだ。

「四年前の冬だったかな。すぐそこのサッカークラブに通う小学生の男の子が毎日のように外から店を眺めていてね」

何がおかしいのか店員さんがクスッと笑った。

「ある日『中で見てみない？』って声をかけたら恥ずかしそうにうつむいて、走って逃げちゃったの」

まさかそれが千冬くん……？

「それでも通るたびにチラチラ気にしてるから、小さなテーブルを外に出して小物だけそこに並べてみたんだ。ちょうど桜が咲く頃だったから桜をメインにした商品が多くてね」

私は受け取ったキーホルダーを優しく握った。胸の奥がむずむずする。

「いつもは男の子たちの集団と通っていたから恥ずかしかったのね。外にテーブルを出して小物を並べてから三日くらい経ってその子がひとりで店に現れたの。『これください』って、そのキーホルダーを握りしめてた」

店員さんは嬉しそうに笑った。私はそれを聞いて胸がギュッと押し潰《つぶ》されるような感覚に見舞われる。

「『女の子へのプレゼント？』って聞くと照れくさそうに『妹だよ！』って」

千冬くんがどんな顔でそう言ったのか想像がついた。プイと顔を背けて、ムッと唇を尖らせて強がっている姿。でも店員さんにはきっとバレバレだったんだろう。

そこまでして買ってくれた千冬くんの姿が頭に浮かんで不意に涙があふれた。こんなところで泣くわけにはいかない。歯を食いしばり、必死に涙を押しとどめる。店員さんによくよくお礼を言って私はお店をあとにした。

ねぇ千冬くん、大げさなんかじゃないよ。私にとってこれは一生の宝もの。これを見るたびに私は千冬くんの顔を思い出す。こんなにも嬉しくて、胸が熱いよ。でもね、同じくらい切ない。どうしてこんなに苦しいのかな。


真冬の外での体育はまさに処刑に近いと思う。晴れていたらまだいいものの今日はあいにくの曇り空。さっきからビュービュー吹く風が肌に当たってとても痛い。もはや感覚すらない。

「男子はサッカーかぁ、この寒いのに外はやめてほしいよね」

対する女子はマラソンだった。校庭をるいと並んで走りながら、グラウンドに立つ千冬くんの姿を目で追う。どこかぎこちない動きをする千冬くんは、寒さのせいでうまく体が動かせないのかもしれない。それでもとても真剣な表情でボールを追っていた。

頑張れと心の中で声にできない応援をする。

千冬くんは敵チームにボールが渡るのを阻止すると、ドリブルしながらゴールに向かった。もう二度と千冬くんがボールを蹴る姿は見られないと思っていた。だからなのか感慨深い気持ちがこみ上げる。私は千冬くんがボールを蹴ってる姿が……好き。そう自覚すると千冬くんしか目に入らなくなった。

ディフェンスをかわしてシュートをするとボールはきれいにゴールに吸い込まれていった。その瞬間、胸がキュンと音を立てる。同じチームの楢崎くんと笑顔でハイタッチしてる姿。久しぶりにサッカーができて千冬くんも嬉しいんだと思う。前はあんなに苦しそうだったのに乗り越えられたのかな。

「やばー、梶くんカッコいいー」

「ね、今日頑張ってチョコ渡してみよっかなー！」

「あたしもー！」

近くを走っていた隣のクラスの女子たちの声が聞こえて複雑な気持ちになる。なんでこんな気持ちになるのか答えはとても簡単だ。私は千冬くんが好きだから。今はっきりとそれを自覚した。他の誰も目に入らない。千冬くんしか見えない。千冬くんにだけ、激しく心が揺さぶられる。それは全部恋をしているせい。

昼休みに入ると教室内はいつもよりも騒がしくなった。

「はい、食べて。あ、義理だからね」

「ちっ、義理かよー」

女子たちがそわそわする中、男子たちが妙に浮かれている。それもそのはず、バレンタイン当日が日曜日なので、みんな早めにチョコを用意しているからだ。私はそれを自分の席で他人事《ひとごと》のように眺めていた。

席が離れてしまってから千冬くんとの接点は減った。それでも顔を合わせれば挨拶《あいさつ》くらいはするけれど、席を移動してまで声をかける勇気はない。ちらりと千冬くんに目を向けると、義理チョコだと言って配っていた女子がちょうど千冬くんに渡しているところだった。チョコを受け取って小さく頭を下げる千冬くん。

受け取るんだ……。私も用意するべきだったかな。渡す勇気も度胸もなくて、どうすればいいかわからなかった。当日に渡すなんてとてもできないし。どうしようと頭を抱えているうちに午後の授業が終わってあっという間に放課後になった。千冬くんは早々に教室を出ていく。しばらくしてから私も教室を出て昇降口へ。

だけどそこで見てしまった。亜里沙先輩と千冬くんの姿を。

「受け取ってくれるかな？」

亜里沙先輩は可愛い紙袋を抱えていて、それを千冬くんに渡した。

見たく、ない。何も聞きたくない。そのチョコはきっと義理なんかじゃなくて本命のはずだ。

私は素早く靴を履き替え駐輪場へとダッシュした。無意識にブレザーのポケットのキーホルダーを握る。胸が痛くて張り裂けそうだった。

自転車の鍵《かぎ》を乱暴に外すと勢いよく跨《また》がってペダルを漕《こ》ごうと足をかけた。だけど前に進まない。

「やだ、パンク？」

ぺたんこのタイヤを見て落胆する。どうしてよりによってこんなときに。ついてなさすぎる。

「どうかした？」

前方からの声にビクンと肩が揺れる。千冬くんだった。

「パンクしちゃって」

できるだけ普通に振る舞う。亜里沙先輩も一緒なのかと思ったけれど、どうやらそうではないらしく千冬くんひとりだった。

「あー、俺の使っていいよ」

しれっとそう言いながら鍵を外し、私に自転車を差し出す千冬くん。とてもじゃないけどそんなわけにはいかない。

「遠慮するなよ、俺は駅からバスに乗るし」

「でも駅にいくのだって時間がかかるよ。それに遠回りになっちゃうもん。歩いて帰るから大丈夫だよ」

「じゃあチャリ引いて一緒に歩いて帰ろうぜ」

「え？」

予想だにしていなかった展開に驚きでいっぱいになる。

「ほら早くしろよな」

そう急《せ》かされ、私は戸惑いながらも千冬くんの隣に並んだ。ドキドキしすぎて落ち着かない。

「さっき亜里沙先輩と一緒にいたよね。よかったの？」

「ん？　なにが？」

「一緒に帰らなくて……」

キョトンとする千冬くんから目をそらす。空気が重く胸にのしかかった。

「あの人サッカー部のマネなんだよ。俺を入れたいんだって。入学してからずっと口説かれてんの。さすがにこの前は泣かれてビビッたけど」

サッカー部の、マネ？

「で、でもチョコ……」

「泣いて迷惑かけたお詫《わ》びだって。受け取ってないけど」

そう、だったんだ……。

ということは、亜里沙先輩とは何もないってこと？

「び、美人だよね、亜里沙先輩って」

千冬くんの気持ちが気になってついそんな言い方をした。

「そーか？　考えたこともない」

「美人だよ、千冬くんはモテるから目が肥えてるのかもしれないけど」

「はは、なんだよそれ。べつに俺はモテないし」

「そんなことないよ。今日だってチョコいっぱいもらったでしょ？」

隣のクラスの女子だってサッカーしてる千冬くんをカッコいいと言っていた。

「全部義理だっつの。つーか、ふうからはまだもらってないけどな」

ドキン。話をすり替えられて、急激に顔が熱くなる。さらっとそんなことを言うのはやめてほしい。心臓に悪すぎる。

「ぎ、義理じゃなくて本命チョコかもしれないじゃん。そう言ってしか渡せない子だっているかも……千冬くんは女の子の気持ちをわかってなさすぎる」

あたふたしながら自分でも変なことを言ってるのはわかった。どうしてこんなにムキになってるの。

「義理チョコの体がちょうどいいんだよ。たとえそれが本命相手からのチョコだったとしてもな」

それはどういう意味で言ってるんだろう。それにそんな言い方をするってことは千冬くんには好きな人がいるってことだ。聞きたくない、そんな話は。自分から振っておいて、なんて身勝手なんだろう。

「だってこんな俺が『好き』とか言っても相手を困らせるだけだろ」

『こんな俺』

それは近い将来、自分がいなくなってしまうことを言っているのだとわかった。空気が重くなった気がしてどう返せばいいのかわからない。そんなことないよ、大丈夫だよって言うべきなのに肝心なところで私はいつもだめだ。千冬くんに好きな人がいるという事実よりも、千冬くんが自分をそんなふうに認識しているのがたまらなくショックだった。

お願いだから……『こんな俺』とか言わないで。

千冬くんがいなくなるなんて、死ぬなんて、そんなのはやっぱり信じられないんだよ。揺るぎない存在だと勝手に思っていた。今だってすぐそばにいるのに、いなくなるなんて一ミリも思えない。こぼれ落ちそうになる涙を見られたくなくて私は千冬くんから顔を背けた。

それからの二十分間ほとんど会話はなくて、気づけばもう桜が峰公園の前。いつもここで千冬くんに助けられた。一緒に遊んだ思い出、二人で誕生日もお祝いしたね。

「……泣くなよ」

「な、泣いて、ない。風が目にしみたのっ。今日寒いから、それで」

「はは、そ？」

千冬くんの手が伸びてきて目元の涙を奪い去った。でもだめだ。冷たい手の感触に目頭が熱くて喉《のど》がヒリヒリする。

「……ひっく」

「おいおい……どんだけ強い風だよ」

ガシガシと私の頭を撫《な》でながら千冬くんは困ったように笑った。

だって……だって。こんなふうに一緒に帰ったり、千冬くんに涙を拭《ぬぐ》ってもらったり、励ましてもらったり。もう二度とそれができなくなる。いなくなるってことは、時間がそこで止まって今以上に新しい思い出を刻めなくなる。触れられなくなる。笑い合えなくなる。もう二度と……会えなくなる。そういうことだ。千冬くんが私の隣にいたということ。冷たい指先の感触さえも忘れたくない。

「泣くなよ、マジで。俺が泣かせてるみたいだろ」

サァッと冷たい風が通り抜けた。後頭部に当てられたままの手が強く引かれる。コツンと千冬くんの胸におでこが当たった。筋肉質の分厚い胸板。こんな状況なのに鼓動が大きく飛び跳ねた。

「胸貸してやるから、早く泣き止めよな」

「……っ」

千冬くんはちゃんと自分の運命を受け入れて前に進んでいるというのに、私がこんなんでどうするの。

止まれ、涙。千冬くんの前では泣いちゃだめ。困らせたくないから。

そう思っても胸の奥から切なさがこみ上げてきて潰れてしまいそうだった。

帰宅後、私はクローゼットに眠るイーゼルを引っ張り出した。真新しいキャンバスをそこに載せベッドに腰かける。固くなった筆を水でほぐして、下地用のジェッソを塗った。アクリル絵の具の発色を良く、さらに色を長持ちさせるための前準備だ。

次にガチガチに固まったアクリル絵の具を手に取る。やっぱり買い直さなきゃだめか。よし、明日新しい絵の具を買おう。そして絵を描こう。千冬くんのために私にできることはそれくらいしかないから。

ねぇ、千冬くん。私は千冬くんのために強くなりたい。人はみんな弱さを持っていて一人では生きていけないから、千冬くんのためなら私は強くなれる気がする。千冬くんの弱いところを全部包み込めるように。

誰かのために何かしたい。そう思えたのは初めてだった。

夜が明け朝がやってきた。

雲の隙間から太陽の光が射しこんで、あたりをまばゆく照らしている。冷たい風が肌を刺す。

マフラーに顔を埋めながら徒歩で桜が峰公園の前を横切ったとき、桜の木のそばで佇《たたず》む千冬くんの後ろ姿を見つけた。

ゆっくり近づいてみたけれど、私に気づく気配はない。少し離れた場所から千冬くんの後ろ姿を眺めた。その背中はなんとなく寂しげで、よく目を凝らしてみると手や肩が小刻みに震えている。

千冬くんは今、どんな顔をしているのかな。

桜の木を見上げながら、何を考えてるの？

「そんなとこでボーッとしてたら遅刻するぞ」

どれくらい経ったのかはわからない。いつの間にか振り返った千冬くんが苦笑しながらつぶやいた。

「ち、千冬くんこそっ」

髪を手ぐしでさっと整える。無意味に火照った顔をさらにマフラーに埋めた。

「俺はいいんだよ、優等生じゃないから」

「わ、私だってそうだよ。べつに優等生ってわけじゃないもん」

モゴモゴとマフラー越しに口ごもる。話すたびに白い息が上がった。氷点下かと思うほどの寒さだ。

「ははっ。じゃあ一緒にサボる？」

千冬くんの口から『サボる』なんて言葉が飛び出すのが意外だった。笑ってはいるけれど、なんとなく無理をしているように見える。

顔を合わせれば憎まれ口ばかりで、肝心なことはほとんど何も話してくれない。千冬くんは今どんな想いでいるんだろう。

枝だけの桜の木がギシギシと風に吹かれて揺れた。見上げた千冬くんの横顔には、どことなく色がないのが見て取れる。

「今、何を考えてるの？」

「桜の木になりたいなって」

「桜の木？」

「寒い冬を耐え抜いて、春がきたら花を咲かせて人の心を温かくするだろ。見る人を幸せにするような、俺も誰かにとってそんな存在でありたい。桜を嫌いなヤツっていないし、春ってなんだかワクワクするしな」

「千冬くんらしいね」

なんでもないフリをしながら笑ってみせる。そうでもしないと千冬くんに影が落ちていきそうな気がした。

「千冬くんは私にとって暖かい冬のひだまりみたいな存在だよ。いるだけでパッと華やぐっていうか世界が明るく見える」

だからそんな顔は似合わない。笑っていてほしいんだ、私は千冬くんの笑顔が好きだから。

「大げさだな、ふぅは。でもサンキュ」

クスッと笑う千冬くんから白い息が立ち上る。

歯をガチガチと鳴らして頬を引きつらせている姿を直視できない。でも目をそらしちゃいけない。今の千冬くんを私の目にしっかり刻む。

「千冬くんはいつだって私の光だよ」

一緒にいると眩《まぶ》しすぎて目がくらむほど。病気にだってちゃんと立ち向かっていってすごいと思う。

「そんないいもんじゃないよ、俺は」

「ねぇ、千冬くん……」

「なんだよ」

「ギュッてしていい……？」

「……は？」

よくそんな大胆な言葉が出たなと自分でも驚く。寒さに耐えてる千冬くんを見ていたら、そう言わずにはいられなかった。

「ハグだよ、ハグ。特に意味はないただのハグ」

目を見開いて固まる千冬くんに私はもう一度言い直した。

「ただのハグって、ははっ。なんだそれ」

表情をゆるめると、千冬くんは戸惑いながらも私に向かって両手を広げた。

「ほら、意味はないんだもんな？」

早くしろとでも言いたげな口調。

私は一歩一歩近づき、恥ずかしさを押し殺して腕を回した。もちろん顔なんて見られず胸に顔を埋める。大きな背中。お日様みたいなにおいが鼻孔をくすぐる。

コート越しでもよくわかるほど千冬くんの体は冷たくて、胸がズキッと悲鳴を上げる。気を抜くと涙が出てきそうだった。

「……100日目がくるのは……いつ？」

ヒュッと喉が鳴った。声も震えていたかもしれない。気になっていたけれど聞けなかった。知りたくなかった。

「……俺の誕生日までは、大丈夫」

耳元で囁《ささや》く小さな声からはなんの感情も読み取れない。千冬くんの誕生日は三月二十日。あと一ヵ月と少ししかないなんて信じられない。

「ほんとに、ほんとに……いなく、なるの？」

不意に涙がこぼれ落ちそうになる。信じたくないよ。

「ふうにそんな顔させるってわかってたから言いたくなかった。けど、隠しきれなかったんだ。いっぱい悩ませてごめん」

顔なんて見えないのに千冬くんは私がどんな表情をしているかお見通しのようだった。優しく頭を撫でてくれる大きな手のひら。ぎこちなさがまた千冬くんらしくて、涙が落ちるのを我慢できなかった。

「ごめんな」

「……っ」

ちがうの、謝ってほしいわけじゃない。大切だから、特別だから、好きだから、いなくなってしまうという事実が悲しいの。できることなら二人で心の底から笑える未来が訪れてほしかった。私の願いはただそれだけ。どうしようもないくらい千冬くんのことが……好き。

本当はずっと前から特別だった。

でも言えない。言ったらきっと困らせる。千冬くんには好きな人がいるもんね。私のことでこれ以上煩わせたくない。

歯を食いしばって涙を引っ込めた。私が泣くと千冬くんが心配する。だから泣かない。千冬くんの前では絶対に。


二日後。

家から運んできたキャンバスをイーゼルに立てて、美術室の片隅でパレットを開いた。締め切っていても外からは野球部員たちの掛け声が聞こえてくる。シーンと静まり返った室内には私以外の人の気配はない。

授業でのものとはちがう自前のキャンバスに、まずは水で薄めた白のアクリル絵の具を載せる。

雨上がりの桜の木の下で、微笑みながら満開の桜を見上げる千冬くんを頭の中でイメージしそれに合う色を重ねる。水たまりには花びらが浮かんで、分厚い雲の隙間から太陽の光が射しこんでいる。そんな絵。千冬くんの誕生日までに、なんとしてでも間に合わせる。私なんかの絵をもう一度見たいと言ってくれた千冬くんのために。

「で、バレンタインは渡せたの？」

「義理チョコだけどね」

動できたと思う。

「えー！」

るいは明らかに残念そうな声をもらした。千冬くんと帰った次の日の土曜日にチョコを買いにいき、その帰りに勇気を出して家まで渡しにいったのだ。我ながらよく行動できたと思う。

「思いっきり本命のくせにー！」

肘《ひじ》で小突かれ何も言えなくなった。ちらりと千冬くんの席を見やると千冬くんは机に伏せていた。聞こえてはいないみたいなのでよかった。

最近では机に伏せていることが多くなった。

クラスメイトや男友達に震えている姿を見られたくないのかもしれない。

「大丈夫？」

るいに断って立ち上がり、千冬くんの席の前までいって声をかけた。

ゆっくりとした動作で顔を上げた千冬くんが私に微笑む。

「当たり前だろ。心配すんな」

たとえツラくても私に弱さは見せない。それが千冬くんだ。でも少しくらい千冬くんの本音を聞かせてほしい。なんて、そんなのは私のわがままかな。

お昼休みに入り、最近ではご飯を食べたあと久住くんが教室にやってくるようになった。

千冬くんと久住くん、そして私とるい。四人で過ごすことが増えた。

「今日のN1グランプリめっちゃ楽しみだよなぁ」

「だよねだよね！」

久住くんとるいの二人はすっかり仲良くなったらしく、お笑い番組の話題で盛り上がっている。

「こう見えて千冬もN1好きなんだよ。な、千冬！」

千冬くんはそんな私たちを机に片肘をつきながらぼんやりと眺めていた。焦点は合っているのに遥《はる》か遠くを見つめているその視線。それには久住くんも眉をひそめた。

「お前ボーッとしすぎ」

「え、あ、悪い。なんだって？」

「どうしたんだよ、最近変だぞ」

「昨日夜ふかししすぎたんだよ」

久住くんの言葉に千冬くんは取り繕うように笑った。私はそれが言い訳だと見抜けるくらい千冬くんのことがわかるようになった。きっと無理をしている。

「そういえばさぁ、二年の先輩たちってもうすぐ修学旅行だよね」

「あー、アニバーサルスタジオジャパンだろ？　俺らも来年だな。待ち遠しいー！」

「うちら四人同じクラスになれたら、このメンバーで一緒にパークを回れるのにね！」

「うわ、何それ超最高!」

はしゃぐ二人の様子を千冬くんは色のない瞳《ひとみ》で見つめていた。千冬くんには訪れないであろう未来の話。

自分がいなくなったあとの世界を千冬くんはどう思っているんだろう。

放課後になると美術室に直行するのが日課になった。本来の美術部の活動を邪魔しないように教室の片隅を借りて最終下校時刻ギリギリまで脇目も振らずにキャンバスに向かう。塾はやめたので時間を気にせずに集中できた。

いくつもの色を塗り重ねイメージへと近づけていく作業で手が止まった。もっとスッキリさせたいのに、なかなか思い通りの色にならない。

絵は人の心を表すってよく聞くけど、私の心がくすんでいるからなのかな。あと少しなのに、どうしよう。

気分を入れ替えるために立ち上がって窓辺に立つ。見下ろした中庭の木が寂しげに揺れている。人がうごめく影が見えた気がして私は視線を斜め上へと向けた。

思わずそこを二度見する。屋上の縁《へり》の上には千冬くんが立っていた。

ここからだと表情までは見えない。なぜだか変な胸騒ぎがしてとっさに美術室を飛び出した。特別棟を駆け抜けて千冬くんのいる校舎へと急ぐ。

「あっ……!」

途中で何かにつまずいて転びそうになった。だけどなんとか踏んばって持ちこたえる。早く、早く、千冬くんがいる場所へ。

「ち、千冬くんっ！　はぁはぁ」

勢いがよすぎて屋上のドアが大きな音を立てた。吹きつける冷たい風も気にならないほど心臓がバクバクしている。

「……ふう？」

千冬くんは振り返って眉をひそめた。その瞳は見開かれ驚きに満ちている。

「ぐ、偶然ね、ここにいるのが見えたの。それでね……その、あの」

言い訳が浮かばず口ごもる。緊張して背中に変な汗が浮かんだ。

「飛び降りるとでも思った？」

「いや、あの……」

意表をつかれてドキリとした。その通りだよなんて言えない。

「前にもあったよな、こんなこと。美術の授業でスケッチしたときだったっけか」

そのときも千冬くんはこうやって屋上の縁の上に立っていた。

「そうだよ、そのつもりだった。あのときも今も、ここから飛び降りたら楽になれるのかなって。このツラい状況から逃げる方法ばっか考えてる。夜寝るとき、朝目覚めなかったらって考えると怖くて眠れなくなる。自分の中ではちゃんと運命を受け入れてるはずなのに、恐れてなんかいないのに必死にもがいてる。体温が奪われれば奪われるほど抗《あらが》いたくなるんだ。俺はまだ生きたいと思ってるんだって、今になって初めてわかった……」

それは初めて聞かされる切実な心の叫び、千冬くんの本音だった。

『もっと生きたい』という願望がひしひしと伝わってくる。

誰だって死ぬのは怖いに決まってる。死にたくないに決まってる。けれど、心の声に気づいてあげることができなかった。千冬くんは強いから大丈夫だろうって、乗り越えて笑っているんだって、平気なんだって勝手にそう思ってた。そんなはず、ないのに。人は誰だって弱い心を持っている。強がって隠して、なんでもないフリをしながら千冬くんは笑っていたんだ。

「……泣いても、いいよ」

だってずっと、泣けなかったんでしょ？

「なに言ってんだ、泣けるかよ。それに弱さなんて見せられるわけないだろ……」

抑揚のない声でフッと笑うと千冬くんは再び私に背中を向けた。目を離すと風に吹かれて飛んでいってしまいそうなほど儚《はかな》げな背中。私はとっさに手を伸ばして千冬くんの手を摑《つか》んだ。

「私には見せてくれたっていいんだよ。無理、しなくていいから。なんなら胸も貸してあげる」

キツくキツくその手を握った。

だけど千冬くんが握り返してくれることはなく、何も言わずにただ前を向いていた。

「俺、だめだな。ふうにそんなこと言わせて……情けない……」

千冬くんの背中ってこんなに弱々しかったっけ。いつも堂々としていて、強くて、それが私の知ってる姿だったのに。

「千冬くんは……ただ、生きてるんだよ。一生懸命自分のことを考えながら……生きてるんだよ。だめなんかじゃない。だって生きてたら誰だって逃げたいと思うこともあるでしょ。それは普通のことだよ。私だってそんなときもあるし……きっと誰にでもあるよっ」

弱い千冬くんを認めたくなかった過去の私はまちがっていた。勝手に特別視して本当の千冬くんを知ろうともしなかった。最低だ、恥ずかしい。

「それでいいじゃん。それが千冬くんなんだよ……っ。情けないところも見せてよ……私にだけは、お願いだから」

最後の方はうまく言葉にならなかった。熱いものが喉の奥からこみ上げてくる。泣かないって決めたのに千冬くんを前にすると決意はすぐに揺らいでしまう。泣かない、止まってよ、涙。

「……また泣いてんのかよ」

ブンブンと大きく首を左右に振る。ぎこちなく振り返った千冬くんの目もほんの少しだけ赤かった。

「胸……貸してやる」

縁から降り立った千冬くんは私の手を引き寄せた。大きな腕と胸に包まれ、ハッと息をのむ。身動きができずに固まる私の背中に千冬くんの腕が回された。

「そんなふうに言われても、俺はやっぱり……ふうの前では強がっちまうんだよ。弱いとこ見せたくない。カッコいいままの自分でいたい。だって情けないだろ。男が泣くなんて……」

その声はかすかに震えていた。これが精いっぱいの千冬くんの弱さなのだろう。

私は千冬くんの背中に手を回した。すると千冬くんの腕にも力が込められる。

ずっとこのままでいられたら、どんなにいいかな。

お願い神様、千冬くんの未来を奪わないで。幸せな未来をください。笑っていられるような、そんな未来を。

「千冬くんは……カッコいいよ。どんな姿だろうと……っ、私の目にはそう映るんだから」

千冬くんの肩は小さく震えていて、きっとそれは寒さのせいなんかではなかった。

どんな千冬くんでも、千冬くんは千冬くんだ。私の大好きな千冬くん。弱くてもいい。強くなくていい。

「ありが、と……」

小さな声は風に乗ってすぐに消えていった。どうしてだろう、こんなにも胸が張り裂けそうで苦しいのは。

たしかに千冬くんがここにいたことを、ずっとずっと忘れたくないよ。

「俺の……最初で最後のわがまま聞いてくれる？」

千冬くんはかすれる声でつぶやいた。

「何かあったらすぐに連絡するのよ？」

玄関先に立つ私をお母さんが心配そうに見つめた。

「忘れものはない？　そんな薄着だと風邪引くわよ。もっと厚いコートにしなさい」

「大丈夫だよ、これで。それに天気予報では晴れだって言ってたし、そこまで寒くならないと思う」

廊下を行ったり来たりして落ち着きがないお母さん。私は大きめのリュックを背負い、スニーカーを履いた。

「千冬くんによろしくね。くれぐれも迷惑をかけないようにするのよ」

「わかってるって。じゃあいってきます」

まだ何か言い足りなそうなお母さんに手を振って家を出る。日は昇っておらず、あたりは薄暗い。

二月の後半、最後の週末。これから千冬くんと遠出することになっている。桜が峰公園の入口で待ち合わせだ。

「千冬くん！」

人影を見つけて駆け寄ると、そこにはダウンコート姿でマフラーをぐるぐるに巻いた千冬くんが立っていた。

「おはよう、早いね」

「よう」

千冬くんはてっぺんにポンポンのついたニット帽をかぶり、手袋まではめている。ポケットにはカイロをたくさん仕込んでいるのだろう、ふっくらしている。防寒対策はバッチリだ。

「母さんが車で駅まで送ってくれるって」

千冬くんの視線の先に一台の車が停まっていた。案内されて車に乗り込む。

「おはよう風里ちゃん。今日は千冬のためにありがとう」

「いえ、とんでもないです」

千冬くんの最初で最後のわがまま、それは『どこか遠くにいきたい』というものだった。

行き先はどこでもいいと言うので一晩かけて私が選んだ。日帰りでは厳しいので思い切ってお母さんに打ち明けると、お母さんは千冬くんのお母さんから話を聞いたらしく病気のことを知っていた。

そして夜行バスで明日の朝に帰ってくるのを条件に、二人での遠出を許してくれたのだ。

「気をつけてね。何かあったらすぐに電話するのよ？」

「それ、もう何回も聞いた。大丈夫だっつの」

「あの、ありがとうございました。いってきます」

千冬くんのお母さんによーくお礼を言って車を降りる。

朝が早いせいか、駅にはほとんど人の姿はない。

新幹線が通っている最寄りの駅までは電車を乗り継いで小一時間ほど。切符を買ってホームに立った。

「まさかふうがアニバーサルを選ぶとはな」

「千冬くんがいきたそうにしてたからだよ。秘密の修学旅行みたいで楽しそうじゃない？」

「修学旅行、ね……」

「だから今日は頭空っぽにして思いっきり楽しもうよ」

自分に言い聞かせる意味も含めて千冬くんに笑顔を向けた。今日は、今日だけは、何も考えずに楽しい時間を過ごしたい。千冬くんの願望を楽しい感情だけで埋め尽くしたいという私のわがままだ。

「そうだな、俺のわがままに付き合わせてるんだし。楽しく過ごすのが一番だよな」

ホームにやってきた電車に揺られながら、外が明るくなっていく様子を二人で見つめた。

だんだんと空が黄色味を帯び、闇が取り払われていく。太陽が眩しくて思わず目を細めた。

「早起きしたら一日が長いから、なんかめっちゃ得した気分になるよな」

朝日に照らされた千冬くんの横顔がキラキラと輝いていてとてもきれい。

「そうだね。充実した一日が過ごせそう」

同じ風景を見ながら他愛《たわい》もない話をする。そんなささやかなひとときがたまらなく心地いいだなんて知らなかった。特別な人との大切な時間。忘れないようにしっかりと胸に刻んでおこう。

事前にスマホで調べていたので新幹線のチケットも難なく買うことができた。在来線のホームから新幹線のホームに着くまでの間にお弁当と飲み物を購入し、改札を抜ける。指定席に着くと、千冬くんが早速お弁当の包みを開けた。

私はあっさり和食ティストだけど、千冬くんは朝からガッツリ焼肉弁当。さすが男子というべきか、大きさも私の倍。朝からすごいなぁ。

「だし巻き卵好きだよね？　あげる」

「じゃあ俺はしそ巻きやるよ」

「わぁ、ありがとう」

おかずを交換して二人で食べたお弁当は、なぜだか特別美味《おい》しかった。それからの約二時間半、スマホゲームをしたりお菓子をつまんだり、途中で睡魔に襲われたりしながら無事に目的地へと到着した。駅からはバスでテーマパークまで移動し、オンラインチケットをかざして入場までとてもスムーズに進んだ。

「夢の国とはまた雰囲気がちがうな」

「ふふ、楽しみだね」

休日だからなのか、カップルや家族連れの人が多い。私たちもはたから見たらカップルに見えるのかな。なんだかそれってものすごく照れるな。

千冬くんはどう思ってるかな。

「迷子になるなよ」

んだ。
「はは、どうだか」
ムッ。無意識に唇が尖る。だけど、そっと千冬くんの手が伸びてきて私の手をつか
「な、ならないよ」

た。

「え、なに？」

「念のための予防策だよ」

前を向きながらうっすら頬を赤くする千冬くんを見て、私の心臓も急激に速くなっ

待ち時間の間も、もちろん歩いている時も千冬くんの冷たい手が離れることはなくて、私はちらちら千冬くんの横顔を見つめていた。どの角度から見ても千冬くんはカッコよくて、そのたびにドキドキさせられる。

「次はあれな！」

手を繋《つな》いでいるだけで私はこんなにもいっぱいいっぱいなのに、千冬くんは周りを見る余裕があるみたい。同じように感じてほしい。もっと私でいっぱいになってほしい。そんなことを思うのは贅沢《ぜいたく》かな。こうして二人でいられるだけで幸せなのに。

一緒にいる時間が長ければ長いほど、どんどん欲張りになっていく。

「千冬くんっ、ミミオンがいるよ！　一緒に写真撮らなきゃ」

「中身はただの人だろ。はしゃぐ意味がわかんねー」

口ではそう言いながらも、千冬くんは私に付き合ってくれた。無愛想ながらもピースで写真に収まる千冬くん。それを見てクスクス笑っていると、頭をグーでグリグリはさみこまれた。

「笑うなよ、バカ」

「千冬くんも案外楽しんでるじゃん。ほんと素直じゃないんだから」

「ふんっ」

「あはは。あ、キャラメルポップコーン食べたい！」

「はいはい」

思いっきり笑ってはしゃいで、気づけばお昼を回っていた。ランチの場所を決めようと、何気なくパンフレットを見ているとカップルカフェという文字が。

「カップル限定のカフェか。いってみる？」

「え……！」

まさか千冬くんからそんなふうに言ってもらえるなんて。だっていかにも苦手そうだから、そういうのには絶対にいかないタイプだと勝手に思っていた。

「俺らでも周りから見たらカップルに見えなくもないだろ」

「……うんっ！」

そこは文字通り、カップルのみのカフェだった。内装は淡いピンクを基調とした造りになっていて、横並びのソファ席しかないところがいかにもそれっぽい。

っていうか、このソファ狭すぎるよ。くっつかないようにしようと思っても、自然と密着しちゃいそうだ。

「意外と普通のカフェだな。内装は女子っぽいけど、まぁおしゃれだし」

普通？

いやいや、距離が近すぎるよ。

横並びに座るなんて、なかなかないんだからね？

「わ、私、ちょっとお手洗いにいってくる」

恥ずかしくて逃げてしまった。千冬くんは平気なのかもしれないけど、私にはハードルが高すぎる。

落ち着けと自分の胸に言い聞かせて、千冬くんが座っている席まで戻った。周りを見るとどのカップルも肩を寄せ合い、いいムード。中にはキスをしたり抱き合っているカップルまでいて、私は慌てて目をそらした。

「奥座れば？」

「あ、ありがとう」

通路側は人が通るからという意味で言ってくれたらしい。テーブルと千冬くんの間から奥へと入る。

「きゃあ」

途中で足がもつれてバランスを崩し、私は目を見張った。

「うわ」

千冬くんの上にかぶさるようにして倒れ込むと、顔と顔の距離がグンと近づき、その位置で目が合った。千冬くんの大きな瞳の中に私がいるのがはっきり見える。

「ごご、ごめんっ！」

「いや、俺こそ」

わー、何やってるの私。恥ずかしすぎて耐えられない。全身が熱くて、離れてからも落ち着かず心臓が破裂しそうな勢いだ。

「なんでそんな隅っこに寄ってるんだよ」

「だ、だって……！」

ちゃんと座ると体がくっつくんだもん。恥ずかしいんだから察してほしいと思うのは私の身勝手かな。

「千冬くんは平気そうだよね」

きっとこんなにドキドキしてるのは私だけ。

「んなわけないだろ。俺だってなぁ……」

千冬くんはそこまで言うと、そっと目を伏せ言葉をグッと飲み込んだ。

「いいからちゃんと座れよ、ほら」

『俺だってなぁ……』

ねぇ、その続きは？

気になって仕方なかったけど、答えてくれそうにない。千冬くんは多分、言ってはくれない。そんな気がする。

言われた通りソファにちゃんと座ると、肘と肘、膝《ひざ》と膝がかすかにくっついた。たしかな千冬くんの存在を肌で感じ、ドキドキがさらに加速する。

カフェで食べたランチはとても美味しかったはずなのに、触れたところが熱くて味わう余裕なんてなかった。

午後からもアトラクションにいくつか並んだ。

ただもう手は繋がっていなくて、それがとてつもなく寂しく思えた。

「日が沈んできたな。やっぱ太陽が見えなくなるとさすがに寒い」

「じゃ、じゃあ私が温めてあげる」

恥ずかしいけど、今度は私から千冬くんの手を取った。こんな大胆な自分は初めてだ。でもあの時こうすればよかったって後悔したくないから。

「はは、ふうの手も冷たっ」

そっと握り返してくれたことが嬉しくて、この手がずっと離れなきゃいいのにってそんなふうに思った。

幸せだな、ものすごく。永遠に終わりがこなきゃいい。このまま時間が止まればいいのに。

夜が近づき夜行バスの時間が迫ってくると、楽しかった朝のテンションが嘘みたいに会話が途切れがちになった。あと十分で閉園らしく、アナウンスが流れる。

トボトボ歩きながらパークを出て、駅までの道のりを歩く。まるで魔法が解けたあとの世界みたいだ。

それでも私たちは、繋いだ手を離さなかった。夜行バスがきて席に着いてからも、バスが動き出してからも、ずっとずっと氷のように冷たい千冬くんの手を握っていた。

「こんな俺に付き合ってくれたふうはいいヤツだからさ……幸せになれよな」

「なにそれ、どういう意味……？」

「どうって、わかるだろ。言葉通りの意味だよ。遠くからいつもふうの幸せ願ってる」

「遠くからって……やめてよ」

なんで今そんなこと言うの、千冬くんのバカ。今日は忘れて楽しもうって言ったのに。

「この先ふうが大人になって、どっかの誰かと恋愛とか結婚とかする時も、ずっと見守ってるから」

やめてよ、聞きたくない。想像すらしたくない。

「私は……私は……千冬くんが……っ」

好き、なんだよ。初恋なんだ。きっと初めて出会った時から、私は千冬くんが好きだった。

声にできない想いを指先に込める。だけど千冬くんが握り返してくれることはなかった。

「……ごめんな」

千冬くんはかすれるくらい小さな声でそうつぶやくと、顔を通路側に背けてそっと目を閉じた。

私は胸が張り裂ける思いで、千冬くんの手をいつまでも握っていた。

第六章　きみの春はすぐそばに

三月一日、千冬くんの誕生日まであと十九日。

放課後、私は今日も美術室にいた。色を載せていくときのアクリル絵の具の独特のにおいが好き。筆がキャンバスをなぞるザラザラとした質感も、色がそこに混ざっていく様子も、普段なら描いていてワクワクする。

だけど今はだんだんと絵がそれらしくなっていくにつれて、千冬くんとの別れが近づいているように思えて苦しかった。

美術室を施錠したあと鍵《かぎ》を返却しに職員室に立ち寄った。すると職員室の奥の応接室から出てくる千冬くんの姿を見かけた。

担任に頭を下げたあと、職員室を出ていく千冬くんのあとを追いかけ声をかける。

「まだ残ってたのかよ」

「うん、ちょっとね。千冬くんはどうしたの？」

「俺はまぁ、今後の相談とか色々」

「今後……そっか」

この前は現実を見ずに楽しんでいられたけど、これから先はそういうわけにはいかない。

「純にも話さなきゃなとは思ってるけど、傷つけるよな、悩ませるよなって考えたら言うに言えなくてさ……伝えたいけど、なかなかむずい。時間、ないのに……」

早く言わなきゃ手遅れになる。私には千冬くんがそう言ってるように聞こえた。突きつけられる現実はいつだって残酷だ。

数日後の朝の教室、予鈴が鳴っても千冬くんは姿を現さず、ここ三日、ずっと休みだ。

「インフルエンザにでもかかったのかな？」

るいが何気なくつぶやいた。インフルエンザならどんなによかったか。

100日病はどんなことをしたって治らない。いずれやってくる100日目からはどうやっても逃れられない。千冬くん……大丈夫かな。この前あんなふうに言っていたから気になるよ、会いたいよ。

「風里？」

目の前のるいのドアップにハッとさせられた。思えばぼんやりすることが増えたかもしれない。

「何かあった？」

「う、ううん、何も！」

私はとっさに笑顔を作った。だけど心から笑えるはずもなく、作ったそばから顔の力が抜けていく。いつもならうまく笑えるのに今はとてもそんな心境になれない。あるいはそれ以上何も言わなかったけれど納得のいかなそうな表情だった。

心配してくれているのはわかる。でも勝手に千冬くんの病気のことを言いふらすわけにはいかないのでグッと言葉を飲み込んだ。

『大丈夫？』

千冬くんにそうメッセージを送ると『当たり前だろ、心配するな』と返ってきた。

大丈夫、千冬くんはまだ大丈夫。

震える手でスマホを操作して『そうだよね、お大事に』と返信した。

言いしれぬ不安が常につきまとっているけれど、それには気づかないフリをした。

翌日、学校に着くと待ってましたと言わんばかりの顔で久住くんが立っていた。昇降口には多くの生徒が出入りしてざわついている。

「あのさ、千冬のことなんだけど」

いつもからかってばかりの久住くんがどこか神妙な面持ちで口を開いた。珍しく周囲を気にしているのは人に聞かれたくないからだろうか。

二人で中庭に移動し、私は拳《こぶし》を握る。吹き抜ける風は今日もとても冷たい。心まで凍らせるのではないかと思うほどに。

「千冬がサッカーやってたときの共通の知り合いから聞いたんだけどさ」

これから言おうとしていることがなんとなくわかってドクドクと胸が高鳴った。

「千冬がサッカーをやめたのは病気になったからだって。俺はてっきりスランプに陥って、たまたま今はやりたくないだけなのかなって思ってたんだ。それなのに病気ってわけわかんねーよ。風里ちゃんはどういうことか知ってる？」

心臓が激しく脈打つ。

「俺、あいつの親友だと思ってたけどそう思ってんのは俺だけだったのかな。頼りにされてなかったんだなとかさ……なんか色々考えてたらショックで。ごめん、うまくまとまんないけど何か知ってるなら教えてほしいんだ」

久住くんが顔を伏せる。二人は小学生の時に出会い、桜が峰公園でよくサッカーをしていた。小学校六年間ずっと同じクラスで（私はちがったけど）、どんな時も一緒にいるくらい仲が良かった。中学でクラスが別になっても二人の仲は変わらなかった。ふざけ合ったり、笑い合ったり、時には言い合いをしていたこともあった。それでもなんだかんだで仲が良くて、私から見ても二人は親友だと言い切れる。

久住くんが私にここまで言うってことは、それほど千冬くんを大切に想っているからこそだろう。千冬くんだってそうだ。久住くんに言えなかったのは傷つけたくなかったから。

「頼りにしてないとかそんなことはないと思う。久住くんのこと大事に思ってるよ」

久住くんに言いたいと言ってたけれど、勝手に言っていいわけがない。

「そんなこと言われても信じられるわけないよ。って、風里ちゃんが悪いわけじゃないのに。ごめんな」

久住くんは力なく笑うと昇降口の方へと歩いていった。これでよかったのかな。

私の選択は正しかったんだよね？

久住くんの寂しそうな背中を見ていると、まちがっているんじゃないかって。ちゃんと伝えなきゃだめなんじゃないかって。

久住くんに何も言わないまま、千冬くんがいなくなるようなことにでもなったら……。それこそ千冬くんは後悔するんじゃないかな。

久住くんだってそんな大事なことをどうして言ってくれなかったのかって、絶対に思うはず。

「待って……っ！」

「え？」

私の声に久住くんは振り返った。

「千冬くんは……千冬くんは……」

いけないことだとわかってる。でも今言わなきゃいけない気がした。

「100日病、なの……きっと、もう……っそんなに長く、ない……っ」

「は？」

「黙っててごめんね……でも、ほんとなの」

「なんだよっ100日病って……聞いたことねーよ」

首を横に振りながら、独り言のようにつぶやく久住くんの声は震えていた。色素の薄い瞳《ひとみ》も大きく揺れている。

「それに長くないって……風里ちゃん……なに、言ってんの」

「……っうぅ」

涙がとめどなくあふれた。次から次へと出てきて腕で必死に拭《ぬぐ》う。

「死ぬんだよ……っ、千冬くんは、もうすぐいなく、なるの……っ」

改めて言葉にするとそれが現実となってすぐにでも押し寄せてきそうなほど、千冬くんの死をリアルに感じた。

「……っく」

なんで千冬くんなの。どうして他の誰かじゃなかったの。なんで、なんで千冬くんが死ななきゃなんないの。何も悪いことなんてしてないのに。どうして。

漏れそうになる嗚咽《おえつ》を歯を食いしばってこらえる。

「なに、言ってんだよ。いくらなんでも、そんな冗談は笑えないだろ。やめろよ」

「冗談なんかじゃ……ないよっ」

お願い誰か、涙を止める術《すべ》を教えてよ。これは夢だと、悪い夢だと言って。ここにきてもまだ私は受け入れられない。

「千冬が……死ぬ？　いやいや、何かの冗談だよな？」

久住くんの声に覇気がなくなっていく。

「そんなこと、いきなり言われても信じられるわけないだろ……俺は信じない。絶対に信じないから」

「でも……現実、っなんだよ。時間が、ないの」

「……っんで」

たちまち久住くんの目が真っ赤に充血していった。

「なんで、そんな大事なこと……あいつは、俺に黙って」

「言えなかったんだよ……千冬くんは優しいから、私たちを心配させたくなくて」

「っんだよ、それ……っ」

しばらくの間久住くんは静かに肩を震わせていた。ときどき目元を拭っているから泣いてるんだとわかった。

「今日あいつんちにいってみる……どうしても本人の口から直接聞かなきゃ認められない……ううん、認めたく、ない」

私はそれ以上何も言えなかった。

認めたくないのは私も一緒だ。それに久住くんは私なんかよりもずっと千冬くんと濃い時間を過ごしてきたはず。

「今の、ほんと……？」

「るい……っ、なんで」

私たちの背後から急にるいが現れた。

「ごめん風里。久住くんと歩いてくのが見えて気になってあとをつけたの。それより梶くんのこと……ウソでしょ？」

話を聞かれていたらしい。るいの目が戸惑いを隠しきれないように大きく見開かれている。

「ほんと、だよ……」

「そんな……っ」

次第にるいの目が潤んで涙が頬に流れた。

「風里……ごめんっ……ごめんね、あたし……そうだと知らずにいろいろ言って」

涙でぐちゃぐちゃなるいの顔を見ていたら、私も緊張の糸が切れたように涙が止まらなくなった。

「いっぱい、ツラかったね……っ」

ううん、ちがうよ。私なんかよりも、もっとずっと千冬くんの方がツラいんだ。声にしたいのに涙が邪魔をする。

「う……っ」

私たちはキツく抱きしめ合ったまま思いっきり泣いた。きっとこの涙は一生涸《か》れることはないだろう。そう思えるほど心がぐちゃぐちゃだった。

涙が落ち着くのを待っていたら予鈴が鳴った。それでも久住くんもるいも、そしてもちろん私も動く気になれなくて中庭の片隅にボーッと立ち尽くす。

誰も何も言わない空間は異様で風の音だけがあたりに響いている。

ブレザーのポケットに入れていたスマホのバイブが作動して、メッセージを開くと千冬くんからだった。

「ち、千冬くん、学校にきてるって」

居ても立ってもいられない。今すぐ会いたい。止まったはずの涙が再びあふれそうになった。泣いたらまた心配させてしまう。泣くのはこれが最後。何度もそう誓ったでしょ。気合いを入れ直してスマホをそっとポケットにしまった。

「私、教室にいくね」

「じゃああたしも」

「俺はもう少ししたらいくよ。あとで千冬とゆっくり話す」

久住くんとわかれ、暗い雰囲気のまま るいと教室へ向かう。

会えると思うと嬉《うれ》しいはずなのに、どうしようもなく胸が締めつけられて苦しい。

会いたいような、会いたくないような。

「るい……私、千冬くんが好きだよ……でも、言えない。言っちゃだめなの。千冬くんもそれを望んでる」

「……っ」

るいは何も言わなかった。ううん、きっと言えなかったんだと思う。

久しぶりに見る千冬くんは、全体的に少し痩《や》せていた。ピンと伸びていた背筋は丸くなり、寒さのせいで全身が震えているのが遠目からでもわかる。

るいはそんな千冬くんからパッと目をそらして席に着いた。

千冬くんは男友達に囲まれていて会話までは聞こえないけれど、みんな千冬くんに会えて嬉しそうだ。変わらないクールな雰囲気。千冬くんがそこにいるだけで周りのみんなが笑っている。

そんな千冬くんを改めて好きだと実感した。

ぼんやり眺めていると不意に振り返った千冬くんと思いっきり目が合った。

そらすことができず、しばらく見つめ合ったままでいると、そんな千冬くんの頭を後ろから誰かが小突いた。

「なんだよ、二人で見つめ合って。あー、はいはい。嬉しいわけね。俺には出会いなんかねーのに、イチャイチャしやがって」

菊池くんだ。

「俺は邪魔者みたいだから退散するわ。ほら、お前ら撤収。空気読めよな」

菊池くんが男子をしっしっと追い払い、二人にしてくれた。ありがたいけど余計に注目されてる気がして恥ずかしい。教室を出てひと気のない場所へと千冬くんを誘った。

「あの、千冬くん……ごめん、私」

「なんだよ、情けない顔だな」

「久住くんに言っちゃったの、病気のこと。勝手なことしてごめんっ！」

「あー、いや、謝る必要ない。言えなかった俺が悪いんだし。俺からもあいつにちゃんと説明するから」

優しくて穏やかな口調だった。怒ってないってことがよくわかる。それどころか笑って許してくれるなんて。

大丈夫、まだ大丈夫。そう思っていても無情にも時間は刻一刻と過ぎ去っていく。

千冬くんは土日を挟んで次の週からまた学校を休むようになった。それから三日が経過した三月の中旬。千冬くんの誕生日まであと九日。

いつものように放課後の美術室に私はいた。

絵は徐々に完成に近づき、あと数日もあれば仕上がるはずだ。

幾重にも重なったアクリル絵の具は、分厚い心の壁のようにいくつもの層を作っていった。

原色はなんだったのか今となってはもうわからない。

それは本音を押し込めた私の心にどこか似ている。

ツラくなったらハーバリウムのキーホルダーを胸に抱いて目を閉じ、心を落ち着かせる。千冬くんのことを想いながら、無心にキャンバスに向き合った。

「風里ちゃん!」

バンッと大きな音を立てて美術室のドアが開いた。そこには血相を変えた久住くんの姿。息を切らして中へと入ってくる。悪い予感しかしなかった。

「千冬が、千冬が入院することになった!」

千冬くんが、入院……。

立ち上がり無意識に足が動く。とにかくいかなきゃ。その一心だった。

「俺も今からいくから、一緒にいこう！」

そこからどうやって病院までいったのか記憶が定かじゃない。

二人で病院の廊下を走りながら指示された場所へと向かう。空気は冷たいのに全身から変な汗が吹き出しておかしくなりそうだった。

「千冬くん！」

「千冬っ！」

入院病棟の個室のドアをノックし、返事も待たずに中へと入った。失礼なのは十分わかっているけれど、気が気じゃなかった。

お願いだから無事でいて。そう願いながら病室を見回す。

「あ、風里ちゃんだぁ。純くんも」

「あらあら、わざわざ来てくれたのね」

千春ちゃんが私たちを見て明るい声をあげた。ベッドサイドに立つのは千冬くんのお母さん。そしてベッドには千冬くんの姿があった。

無事……なの？

「千冬くん……っ」

ベッドに横たわる千冬くんは目を開き、私たちを見るなり大げさに噴き出した。

「なんだよ、大げさだな。そんなに血相変えて」

「だ、大丈夫なの？」

「当たり前だろ、なに言ってんだよ」

「……っ」

よかった、本当によかった。ホッとしたら力が抜けて足がガクガクと震えた。もしものことがあったらって考えると怖かった。

「なんだよ、びっくりさせるなよ……」

久住くんも安堵《あんど》の息を吐き出した。

「言っただろ、大したことないって」

「ああ……悪い」

「俺は大丈夫だからさ」

私たちを心配させまいと笑う顔はいつもの千冬くんだった。

「ごめんね、千冬のためにありがとう」

千冬くんのお母さんは千冬くんと同じ顔で笑った。目が赤いのは泣いたせいなのかな。

千冬くんは大丈夫だと言うけど、実際のところはどうなんだろう。

そう言われてしまったらそれ以上は何も聞けなくなる。本当にいなくなるのかな。

私はまだ奇跡を信じていたい、千冬くんが助かる未来を。

もしも神様がいるのなら、お願いだから千冬くんを助けてください。

「風里ちゃん、純くん……本当に、ありがとうね」

日が沈み、病室を出たあとで千冬くんのお母さんがうつむきながら私たちの手を取った。

その声は悲しみにあふれていて、病室では無理をしていたのだと思い知る。

「千冬と仲良くしてくれて……あの子、すごく幸せだったと思う。感謝しているわ」

千冬くんのお母さんの涙が私の手の甲にポタッと落ちた。

もう助からない。そう言われたみたいだった。胸が張り裂けそうなほど苦しくて涙がブワッとあふれた。唇がわなわなと震える。

「ち、千冬は……本当に……助からないんですか？　俺、まだ信じたくないんです」

長い長い沈黙だった。洟《はな》をすする音だけが廊下に響く。

「……ごめんね」

「何か……方法はないんですか？」

「……ごめん、ねっ」

涙に濡《ぬ》れる声は心の弱い部分を刺激する。

もうどうしようもないんだと、ここでようやく私は実感した。ツラすぎる現実が津波のように襲ってきて、もうどこにも逃げ場がない。足元がグラグラと揺れ、立っているのがやっとの状態だった。

翌日の放課後、私は一人で病室を訪れた。

病院の廊下の窓から覗《のぞ》く空は青く澄んでいて、すっきりとしている。それなのに私の心は浮かない。どうやっても何をしてても、常に千冬くんのことが頭から離れなかった。

三月も中旬を過ぎてから、昼間は春らしいぽかぽかした穏やかな気候になった。

病室のドアをノックしようか迷っていると中から千冬くんの声がした。慌ててノックし、ドアを開く。

「ふう？」

病室には笑顔の千冬くんがいた。

「なにボーッと突っ立ってんだよ。寝てるのかと思っただろ」

「ごめんごめん」

できるだけ平静を装って何事もないフリをする。千冬くんの前でだけは悲しい顔を見せてはいけない。

「あ、そういえば桜が峰公園の桜が開花したんだよ！」

「え、マジ？」

「最近暖かいから、これなら満開になる日も近いんじゃないかな」

「へえ、見たいな」

三月十八日、気づけば千冬くんの誕生日が二日後に迫っていた。

ベッドに横たわる千冬くんのそばのパイプ椅子にそっと腰かける。

「入院生活ってめっちゃ暇なんだよな。寒さのせいで指先の感覚がなくてさ。うまく動かせないからスマホも触れないし、テレビも一日で飽きた。何もしないで横になってると余計なことまで考えるし」

「そっか。あ、授業のノートのコピー取ってきたよ。全教科あるからね」

自分から話を振っておいてどう返せばいいかわからなかった。急に話題を変えたこと、変に思われなかったかな。

スクールバッグからコピーの束が入ったファイルを取り出し、千冬くんに手渡す。

「ありがとな」

体温が奪われている千冬くんの体。暖房が効いているというのにガチガチと歯を鳴らし、千冬くんの声が震えている。

触れた指先は氷のように冷たくてヒヤリとさせられた。

もう春なのに千冬くんはまだ深い深い冬の中にいる。いつの日か言っていた『春は来ない』という言葉が頭をよぎる。もう二度と千冬くんに春は訪れない。

身震いしながら冗談っぽく笑う千冬くんの目がそっと伏せられた。

「桜さ……生きてる間に満開になればいいのに」

「……っ」

「……最後にもう一度だけ、桜吹雪が見たかった」

だんだんと弱々しくなっていく声。千冬くんは大きく震える手で私の手を握った。

ドキンと胸が高鳴って尋常じゃないほどドキドキさせられる。それなのに苦しいよ。

「それに、満開になればふうが笑うだろ？　俺、桜吹雪の中の……ふうの笑った顔を見るのが好きだった」

「え……？」

「ふうの笑顔が好きだから……ずっと笑ってろよ。それだけが俺の願い」

こんなときでも千冬くんは私のことを……。ぽろりと涙がこぼれた。その手をキツく握り返す。

「笑うよ……千冬くんが望むなら、笑う……だからっ」

最期みたいな言い方はやめて。ずっとそばにいてほしい。私も千冬くんのそばにいたいよ。

泣かないって決めたのに何度泣けば気が済むの。

「はは、ほんと泣き虫だな」

「だ、だって千冬くんが……っ」

「頼むから笑えよ。俺がいなくなったらどうするんだよ」

それは切実な千冬くんの願い。本音がそこに詰まっていた。

何度心に誓っても、ちっとも強くなれない私は弱いままだ。こんな自分が大嫌い。

涙を拭って千冬くんの目をまっすぐに見つめた。

「誕生日まで……待ってて。絶対に」

そう言い残すと私は病室を立ち去った。


翌日、先生に許可をもらって昼休みも美術室にこもった。今日でこの絵を完成させせる。

満開の桜の木の下で笑みを浮かべる千冬くん。人物はそんなに得意じゃないから、ぼんやりと姿形だけを描いた。あとは乾くのを待って、明日にでも千冬くんに届けよう。ちょうど千冬くんの誕生日だ。

「あ、風里！」

バタバタと廊下を走ってくる足音がしたかと思うと、勢いまかせにドアが開いた。

「邪魔してごめんね」

はぁはぁと息を切らするいは、呼吸を整えてからゆっくりと中に入ってきた。

「もうすぐチャイム鳴るよ。次移動だからと思って風里の荷物も持ってきた」

「ありがとう、ごめんね」

「ううん、全然」

るいが背後からキャンバスをヒョイと覗きこんだ。

「うわぁ、上手！　その絵のモデルって梶くん？」

「うん、そうだよ。私なんてまだまだヘタな部類だよ」

「ううん、感動しちゃった。温かみのある絵だね。風里が梶くんをどれだけ想ってるかが伝わってくる。大切な存在なんだね」

しみじみとつぶやくるいの声に悲しみの色が滲《にじ》む。私はそれに小さく頷《うなず》いて返事をした。

「……このまま何も言わないままでいいの？」

「何もって……？」

「告白しなよ。伝えなきゃきっと後悔すると思う。風里はそれでいいの？」

「……うん」

「なんで？　もう会えなくなるんだよ？　話せなくなるんだよ？」

「…………」

「あのとき言っておけばよかったって後悔しても遅いんだよ？」

「わかってるよ……！　そんなのわかってる！　でも千冬くんがそれを望んでないのっ」

これ以上千冬くんを困らせるわけにはいかない。この気持ちは私の一方的なものだから。

それに『……ごめんな』って言われちゃったし。あの時千冬くんは私が何を言いたいかを察していたはず。

「風里がどうしたいか、だよ……差し出がましいかもしれないけど……あたしは後悔してほしくないと思ってる」

筆を持つ手が震えた。私がどうしたいか。

『ふうはどうしたい？』

千冬くんはいつも私にそう言った。私は……私は、自分のことなのにどうしたいのかがわからない。どうするのが一番よくて、何が正解なんだろう。

「……わかん、ないよ」

どうすればいいのかなんて、頭がいっぱいいっぱいだよ。心もぐちゃぐちゃだ。もうずっと何をしてても現実味がない。悪い夢なら早く醒《さ》めてと思いながら、毎日を機械的に過ごしている。でもこれは現実なんだ。

私だけがツラいんじゃないってわかっているのに、この世で自分が一番不幸に思えてやるせなくなる。

「でも……この絵だけは千冬くんに届けたい。何がなんでも」

「……風里」

この絵を完成させることだけが、今の私にできる唯一のことだから。

放課後、絵の具が乾いたキャンバスを家に持ち帰った。明日必ず千冬くんに届けよう。笑って『誕生日おめでとう』って言うんだ。

キャンバスの中の千冬くんは桜を見上げて笑っている。お互いの誕生日の間の真ん中の日に、二人で見上げる桜が好きだった。桜を見上げながら、本当は私、千冬くんの横顔を目で追ってたの。知らないでしょ、千冬くんは。私もね、千冬くんの笑顔が好きなんだよ。

『風里はそれでいいの？』

夜、るいの言葉が頭をぐるぐる回ってなかなか寝つけなかった。目を閉じると浮かんでくるのは千冬くんの笑顔。このままでいいのかな、どうすればいいんだろう、私はどうしたいのかな。

考えれば考えるほど目が冴《さ》えてきて私はそっと体を起こした。暗闇の中、部屋の隅に立てかけたキャンバスをぼんやり眺める。目が慣れてくると月明かりに照らされた絵の輪郭が浮かび上がった。

『咲いてるときもきれいだけど、散った花びらも風情があっていいよな。散ったあとでも「いいよな」って言ってもらえるような存在って憧《あこが》れる』

まだ小学生だった頃の話。千冬くんは私よりも広い視野で物事を捉《とら》えていた。

『えー、桜は散ったら終わりじゃん。千冬くんってそんなこと考えてるんだ』

そのときは千冬くんの言ってることがよくわからなかった。

『俺はふうとちがって大人だからな』

そう言って得意気に笑った数年前の千冬くんを思い出す。忘れられない、忘れたくない大切な存在。久住くんもるいも、千冬くんのお母さんも、千春ちゃんだって……きっとみんなそう思っているよ。

これまで千冬くんにはたくさん助けられた。それなのに私はまだ『ありがとう』もちゃんと言えていない。もっとちゃんと言葉にして伝えておけばよかった。

数時間後、まどろみの中でスマホの着信音が聞こえた気がした。

「んっ……」

いつの間に眠っていたのか記憶が定かじゃない。手探りでスマホを手に取り画面を見ると『千冬くんのお母さん』の文字があった。

嫌な予感しかしなくてぼんやりしていた思考が一気に醒めた。ベッドから飛び起き、震える手でスマホを操作する。

「も、もしもし……」

「ああ、風里ちゃん⁉ 千冬が千冬が……っ」

――危篤。

嗚咽を漏らす千冬くんのお母さんから、なんとか聞き取れた言葉だった。

頭を強く殴られたかのような衝撃が走ってその場でよろける。自分が今どこにいて、これから何をすべきなのかがわからず、頭が真っ白になった。

「お、落ち着け……っ」

落ち着くんだ。体がぶるぶると震えて全身の毛穴から変な汗が流れる。

深く息を吸ってみても、動悸《どうき》が治まらない。

どうしよう、どうすればいいの。

机の上の電子時計から朝の五時だということがわかった。三月二十日。今日は千冬くんの誕生日だ。

壁に立てかけたキャンバスが目に入って自分が何をすべきなのか思い出した。これを千冬くんに届けるんだ。待ってててってそう言ったから、きちんと約束を守らなきゃ。

クローゼットからそのへんにあった服を出して着替え、ピンク色の画用紙を切って作った桜の花びらとスマホを手提げに放り込む。そしてキャンバスを両手に抱えると、私は大急ぎで部屋を飛び出した。

「はぁはぁ……」

ぼんやりと薄暗い中、駐輪場へとダッシュで向かう。

お願い、間に合って。まだ逝かないで。自転車に飛び乗ると、脇目も振らずにペダルを漕《こ》いだ。自分が今どんな格好をしているのかさえもわからず無我夢中だった。涙でボヤける視界の中、全速力で自転車を走らせる。吹きつける風が冷たくて身に染みた。

「う……っ」

自然とあふれてくる涙を腕で拭いながら千冬くんに想いを馳《は》せる。とにかく早く、早く。

「あっ……！」

カゴからキャンバスが落ちそうになり手を伸ばしたけれど、前輪が何かに当たって大きくバランスを崩した。

「きゃあ……っ！」

自転車ごと転び、アスファルトに叩《たた》きつけられた。それでもキャンバスだけは守らなければと決死の思いで抱きしめる。

「いた……っ」

体中がズキズキした。起き上がろうとすると、足に衝撃が走ってその場にうずくまる。

今までに感じたことのない痛みだったけど、泣き言を言ってる場合じゃない。急がなきゃ。絵が無事だったことは幸いだ。

自転車を起こしてペダルを漕ぎはじめると不思議と痛みを感じなくなった。病院まではあと少し。

駐輪場からは距離があり、病室の前にたどり着いたときには膝《ひざ》がガクガクして気を抜くと今にも倒れそうだった。涙が出そうになるのをこらえて、口角を持ち上げる。

「ふふっ……っはは」

笑え、笑うんだ。千冬くんが好きだと言ってくれた笑顔で会いにいく。目にたまった涙を拭《ふ》いてドアに手をかけた。

「千冬くんっ！」

病室の中は緊迫した雰囲気が漂い、ベッドの周りは病院スタッフの他にも親族が集まっていた。

その真ん中のベッドで眠る千冬くんは目を閉じ、青白い顔で生気が感じられない。

「千冬くん、ねぇ、千冬くんっ！」

嫌だ、嫌だよ。ねぇ！

「……ふ、う？」

うっすら目を開けた千冬くんは穏やかな顔をしていた。今にも下がっていきそうなまぶたを持ち上げて、ただまっすぐにこっちを見つめるその瞳と視線が重なる。笑わなきゃいけないのに、顔の筋肉が引きつる。

眉《まゆ》が下がって情けない表情になっていくのが自分でもよくわかった。

「ふは、なんて顔、してんだよ……」

途切れ途切れにそう言って優しく笑う千冬くんは、自分の運命を受け入れているようだった。それが私にはとてつもなくツラくて見ていられない。でも、だけど泣いても笑っても、これが最後なんだ。心の奥が震える。だけど私は笑顔を作った。私にできる最後のことを精いっぱいやる。悔いのないように最後の瞬間まで笑っていよう。

「千冬くん……誕生日、おめでとう。今日は千冬くんに春を持ってきたの」

『春は来ない』

そう言っていた千冬くんはひどく寂しそうだった。そんな千冬くんに笑ってほしいと思ったの。

手提げバッグから画用紙で作った桜の花びらを掴《つか》んでめいっぱい上へと放り投げた。淡いピンク色の桜吹雪が病室中に舞う。本物じゃないけど許してくれるかな。

そしてキャンバスを千冬くんの目の高さまで掲げた。

「千冬くんの春はここにあるよ。ここに……ちゃんと」

うっすらと開いていた目が少しだけ大きく見開かれる。ぼんやりとした意識で、でもしっかりと千冬くんの目はキャンバスを捉えていた。

「絵のタイトルは『きみの春』。千冬くんの、春だよ……」

ベタかなと思ったけれど完成した絵を見てタイトルはそれしか浮かばなかった。千冬くんを想って描いた大切な絵。だから届けばいいと願う。

「はは、すげぇ……俺にも、春が来たんだな……っ」

嬉しそうに笑う千冬くんの目に涙が滲んだ。

「うん……っ、これからだってくるよ。ずっとずっと千冬くんの春はここにあるから」

「はは、最高……」

喉《のど》の奥から熱いものがこみ上げてくる。ゆらゆらと視界が揺れているのは涙のせいだ。

千冬くんは唇を噛《か》んで何かをこらえていた。泣かない。泣きたくなんかないのにこらえきれない。この気持ちも涙も、何もかも全部。今言わなきゃ後悔する。

「好きだよ、千冬くん……っどんな時もヒーローみたいに私を守ってくれた千冬くんが……大好き……っ！」

涙が次々と頬を流れ、顎先《あごさき》からポタポタと落ちてシーツの上にシミを作っていく。

「……うん」

千冬くんはたったひとこと、小さくそうつぶやいた。

「今までいっぱい助けてくれて、そばにいてくれてありがとう……千冬くんがいたから……私は、私は……っ」

救われたんだ……っ。

「千冬くんに出逢《であ》えてよかった……幸せ、だった」

とっさに握った千冬くんの手を頬に当てる。冷たい千冬くんの手は血液が通っていないみたいに真っ白で、それでも指先をわずかに動かして応《こた》えてくれようとしている姿にグッときた。

「……俺、も」

意識しないと聞き逃してしまいそうなほどの小さな声に鼓膜が震えた。

「……あり、がとな」

「……っち、千冬くん⁉」

嫌だ、目を開けて。逝かないで。お願いっ。

「千冬くんっ！　ねぇっ！」

必死の願いも虚《むな》しく、そのあとすぐに千冬くんは眠るように安らかな顔で静かに息を引き取った。

ちょうど100日目だったことを、千冬くんのお母さんから聞いて知った。涙がいつまでも止まらなくて、動かなくなった千冬くんの手を握りつづけた。

だけどもう、千冬くんが握り返してくれることはない。まるでただ眠っているかのような千冬くんのそばで、もう一度目を覚ましてと祈る。

起きてもう一度笑ってほしい。いなくなった事実を受け止められなくて、何度そう願ったかはわからない。だけど千冬くんは冷たくなっていくばかりで、私の願いは届かなかった。

翌日、私は制服姿で椅子に座り、感情のない人形のように祭壇に飾られた笑顔の千冬くんの写真を見つめていた。誰もが皆、悲しみに打ちひしがれ目を真っ赤にしている。葬儀会場からはすすり泣きの声が止むことはなかった。

千冬くんはもういない。二度と会えない。頭ではわかっているはずなのに、どうしてもそれが現実だとは思えない。昨日まで当たり前のようにそこにいた千冬くんの存在を、すぐになかったことにできるはずがない。

「うう……っ」

すぐ横に座る久住くんが腕で目元を覆いながら嗚咽をもらしている姿を見ても、私は今いる自分の状況が現実ではない気がしていた。

昨日から一睡もしていないせいか、頭がボーッとする。思考や感情が鈍ってしまったかのように正常に作動しない。私は今どこにいて、何をやっているんだろう。どうしてここにいるの。

お別れの時間、花を棺《ひつぎ》に入れる場面で順番がきても座った場所から立ち上がれなかった。今千冬くんの顔を見たら、これが現実なんだって認めなきゃいけない。そんなのは嫌だ。認めたくないよ。

でも……これが最後なんだ。

立ち上がるとめまいがしたけれど、重い足を動かして棺に近づいた。

「……っ」

中の千冬くんはまるで笑っているような穏やかな顔をしていた。

「ち、ふゆくん……」

まだ嘘みたいだよ。夢の中にいるんじゃないかなって、そんなふうに思うの。夢ならよかったのにね。

夢じゃ……ないんだよね？

その頬にそっと触れてみる。完全に冷たくなった千冬くんの体に触れて、心の深いところがえぐり取られるように痛んだ。

千冬くん……お願いだから目を開けて。これが最後だなんて嫌だよ。好きなんだよ、こんなにも。大好きなんだ。

「風里ちゃん……ほんとに、ありが、とう……っ」

千冬くんのお母さんは涙でぐちゃぐちゃの顔を私に向けた。悪夢なら早く醒めて、現実に私を連れてってほしい。千冬くんがいる世界に。こんな悲しい世界はいらないよ。

「最後の瞬間まで……あの子、笑ってた……今も、幸せそうに……眠ってる。風里ちゃんのおかげよ……っ」

「うっ……っ」

涙で視界がボヤけ、嗚咽がもれそうになった。

だって、この前まで一緒に笑ってたじゃん。今でも突然起きだしそうな顔だよ、それなのに……っ。

叫び出したい気持ちをこらえて、私は千冬くんのお母さんに深く頭を下げて棺の中の千冬くんの手元に花を添えた。もう握り返してはくれない冷たい手。涙がひと粒そこに落ちた。

数時間後、お母さんに連れられてマンションの下まで帰ってきた。

今頃千冬くんは……天国へと旅立っているのかな。足を止め、雲ひとつない青空を見上げる。

せめて今日が晴れててよかったと心から思う。

そこへ風が吹き葉っぱのこすれる音がして、自然と目が桜が峰公園の方へと吸い寄せられる。

「あ……」

『満開になればふうが笑うだろ？』

『ふうの笑った顔を見るのが好きだった』

桜が峰公園の満開の桜が、そよそよと風に吹かれて揺れていた。

千冬くんが待ちわびた春が今ここにある。

一緒に見上げたいつかの桜を思い出して、我慢していた涙が堰《せき》を切ったようにあふれた。

「う、うぅ……っ」

この悲しみが癒《い》える日はきっとこない。千冬くんがいない世界はこんなにも暗くて寂しくて、悲しみにあふれている。千冬くんがいなきゃ、私は幸せにはなれないんだよ。

風が強く、桜の花びらが舞う中で、次々とあふれてくる涙を拭う。

この涙が涸れることは一生ない。そう思えるほど、私にとって千冬くんは大きな存在だった。


四月、私と久住くん、そしてるいは高校二年生に進級した。いつの日か話していた未来の話通り、なんと私とるいと久住くんは同じクラスになった。

でもそこに千冬くんだけがいない。こんな未来を誰が望んだかな。

新学期が始まったけれど実感はなく、ただ毎日をぼんやりと過ごしていた。

今でもどこからか千冬くんがひょこっと現れそうで、期待している私がいる。叶《かな》うならもう一度会いたい。笑顔が見たい。手を握ってほしい。

全部夢だったと言って、ここに現れてよ。

ねぇ……会いたいよ、千冬くん。今でもずっと忘れられない。

今年の桜は昨日の雨でほとんど散ってしまった。桜を見てもなんの感情も浮かんでこず、それどころか千冬くんを思い出してばかりでツラい。

心にぽっかり空いた穴は、悲しみを伴ってどんどん大きくなっている。

世界が一気に色を失ってしまった。

家族にすら笑って大丈夫と言える余裕もなく、かなり心配させてしまっている。真っ暗な闇の中は息苦しくて、もがいてももがいても這《は》い上がれない。光が見えない世界でどうやって生きていけばいいの。

ねぇ、千冬くん……教えてよ。

千冬くんがいなくなったというのに、世界はなんら変わりなく平凡に回っている。最初からここには千冬くんなんていなかったかのように。こうして忘れられていくのかな。千冬くんがいたという事実を、存在を。時間が経てば忘れちゃうのかな。胸ど真ん中にまだいるのに、そんなのってあんまりじゃない。穏やかな春風が吹く中庭には、人の気配がなくつい涙腺《るいせん》がゆるんでしまう。

「千冬が見たら『まだ泣いてんのか、いつまでもうじうじしてんじゃねーよ』って……言うだろうな」

久住くんがそっと私の隣に立った。眉を下げた悲しげな表情は、同じ痛みを分かち合う者である証拠。親友の千冬くんを失った久住くんの悲しみは計り知れない。

「……そう簡単に忘れられるわけ、ないよ」

忘れたくないよ。だって初恋だったんだ。誰よりも大切だった。もう思い出の中でしか会えないなんて嫌だ。

「当たり前みたいにいつまでも一緒にいるもんだと思ってた。今でもふと夢だったたんじゃないかってたまに考える。あいつが『悪い悪い』って言いながら、どっかから出て来るんじゃないかって」

久住くんはそう言って涙を拭った。

「この真っ青な空を見てたら、なんだかあいつが笑って励ましてくれてるみたいだよな」

久住くんに言われて視線が上に向く。どこまでも澄みきった青空が視界いっぱいに広がって、それはまるで私たちを包み込んでくれているようだった。

湿っぽいのが嫌いで、人の心配ばかり、自分よりも他人を優先して考えられる千冬くんのことだから……。きっと空の上からも私たちを気にかけてくれていることだろう。

いつまでも心配させてちゃいけないのはわかってる。でも……千冬くんがいないという現実を受け止められない。千冬くんがいなきゃ、この世界にいる意味がないんだ。

「あいつは……風里ちゃんを大切に想ってた。俺にはわかる。ずっとあいつのそばにいたんだからな」

「そんなこと……」

聞きたくない。だって今さら言われてもどうしようもない。千冬くんの想いがどうとか、もうそばにはいなくて……悲しくなるだけなのに。それに、千冬くんが何を思っていたかなんて誰にもわからないじゃない。

今は卑屈な気持ちにしかなれなくて、私は後ろを振り返ってばっかりだ。もっと色んなことを話せばよかった。もっと千冬くんに色々してあげられたら、こんなに泣くこともなかったのかな。

今になってあれでよかったのか、もっと他にできることがあったんじゃないかって後悔ばかり。

「前、向かなきゃな……少しずつでもいいから、俺らが笑ってなきゃ」

「……っ無理、だよ」

笑えるわけがない。前なんて見られない。久住くんに私の気持ちなんてわかるわけがないんだ。どうしてそんなに前向きなことが言えるの。そうやって千冬くんを忘れてっちゃうつもり？

私は嫌だ、忘れたくない。

あふれてくる涙を腕で拭う。久住くんはそんな私を眉を下げたまま眺めて、それから優しく背中をさすってくれた。

千冬くんがいなくなってから、放課後は桜が峰公園に寄るのが日課になった。

どこまでも広がる青空も、暖かいぽかぽかとした陽気も、どれも好きで幸せな気持ちになれるのに今は切なさしか与えてくれない。

桜の花びらが風に吹かれて寂しげに舞う。もう二、三日したら完全に散っちゃうだろうな。

風で舞い上がりそうになったスカートを手で押さえたとき、遠くから名前を呼ぶ声がした。

「風里ちゃん……！」

大きくこっちに手を振りながら千春ちゃんが駆け寄ってくる。

「はぁはぁ、よかった。まだ、いてくれた……！」

高い位置でくくったツインテールが呼吸するたびにふわふわ揺れる。千春ちゃんは私を見てホッと息を吐き出した。

「あのね、お兄ちゃんの部屋にいたら風里ちゃんが見えて……それでね慌てて家を出てきたんだ。はぁっ」

「千春ちゃん大丈夫？」

「うん。久しぶりにこんなに走っちゃったよ」

無邪気に笑う私より年下の女の子を見て言葉に詰まる。心なしか千春ちゃんの目が赤いような気がする。家族を失ったのだ、まだ悲しみの中にいて当然なのかもしれない。それでも葬儀では気丈に振る舞って泣くのを我慢していた千春ちゃんは、私なんかよりもずいぶん大人だった。

「これ……」

「え……？」

千春ちゃんの手には一通の手紙が握られていた。

「病室の枕の下に手紙が隠してあったのが亡くなったあとに見つかったの……お母さんと千春宛にもあったんだけど、風里ちゃんのもあってね。渡すのが遅くなってごめんなさい」

手紙……千冬くんからの。心臓が激しく揺さぶられた。どうして私に？

「読んで、くれる？　お兄ちゃんからの最後の言葉。きっと、風里ちゃんに伝えられなかったことが書いてあると思うんだ……」

白い封筒には『小山内 風里様』とフルネームで宛名が書かれていた。

「今まで手紙なんて書いたことのない不器用なお兄ちゃんが、最後の力を振り絞って書いた手紙……きっとお兄ちゃんも、風里ちゃんに読んでほしいと思ってると思うんだ。だから、はい」

手を伸ばし、恐る恐る手紙を受け取る。封筒の文字は誰が見てもわかるくらいガタガタに歪《ゆが》んでいた。

『最後の力を振り絞って書いた手紙』

寒さに凍えながら、うまく動かない指先で一生懸命ペンを握った証拠。

痛かったかな、苦しかったかな、ツラかったよね。それでも必死に手紙を残してくれた。千冬くんの優しい想いが伝わって、また『好き』が募っていく。

「落ち着いたら今度は家にも遊びにきてね。お兄ちゃんも、喜ぶと思うから……」

私なんかよりももっとずっとツラいはずなのに、千春ちゃんは笑顔で手を振り去っていった。

白い封筒を握りしめたまま、ベンチでしばらく風に吹かれる。ブレザーのポケットに入ったハーバリウムのキーホルダーを握りしめた。

千冬くんが最後に遺《のこ》した言葉。それを読むのが私にできることなんだとしたら。

私は意を決して手紙を開いた。

『今でも泣いているであろうふうへ』

そんな書き出しから始まっていて思わず涙があふれた。


『ベタなことはあんまり書きたくないけどさ、この手紙をふうが読んでるってことは俺はもうこの世にいないってことだよな。

ふうは多分まだ泣いてるんだろうな。

それが今の俺にはリアルに想像できる。

悲しませてごめんな。

いっぱい泣かせてごめん。

こんなふうに泣かせるつもりはなかったんだ。


病気が発覚して自暴自棄になってたとき、ふうのコンクールの絵を見てすっげー励まされた。

心が震えて言葉では言い表せないほどの衝動がこみ上げてきたんだ。

ふうの絵には人の心を元気付けるパワーがあると思う。

だから俺としては、ふうにはずっと絵を描いていてほしい。救われる人がきっといるはずだから。


ふうは俺を強いっていうけど、俺は強くなんかない。ふうの前でカッコ悪いとこ見せられないから強がってただけだ。ふうにだけは弱さを見せたくなかった。カッコいい俺でいたかった。

二人で遠出した時、何でもないフリしてたけど……

俺だって男だし、普通にドキドキした。

赤くなってんのバレねーかなとか、二人きりで妙に浮かれてる自分がいてさ。

手を繋《つな》ぐのだって拒否られたらどうしようかと思ったけど、これが最後のチャンスだと思ったら勇気が出たんだ。いっとくけど、慣れてるわけじゃないからな。

俺、カッコつけだから照れてるのとか知られたくなかった。

それと、ごめん。一個だけウソついた。

ふうが俺以外の男と恋愛とか結婚してるとこ想像したら、普通にムカつく。ってか、考えたくもない。

だって……ふうは俺の初恋だから。

好きだったんだ、子どもの頃からずっと。

だから松野からの手紙を渡されそうになった時はショックだった。

でもさ……幸せを願ってるってのはマジだから。

できれば俺がこの手でふうを幸せにしたかった。

ずっと俺の隣にいてほしかった。

ふうの口から『好きだ』って聞いたら、俺、気持ちを抑えられなくなりそうで。

あのとき、言葉をさえぎってごめん。

って、最後の最後でこんなの卑怯《ひきょう》だよな。

でもあの瞬間、俺もう死んでもいいやって思ったんだ。

ふうとの時間が何よりも楽しかったし、幸せだった。

これまでいろいろありがとな。
俺のことは忘れて、これからは上を向いて胸を張って生きろ。
ふうなら大丈夫だ。
必ずまた笑える。
空からずっと見守っててやるからもう泣くな。笑え。
元気で幸せになれよ。
いつまでもふうの笑顔と幸せを祈ってる。
俺はふうに会えて、今日まで生きられて、幸せだった。

じゃあ、またな!』

そう締めくくられた二枚綴《つづ》りの便箋《びんせん》の隅っこに、満面の笑みの私の似顔絵が描かれていた。

お世辞にもうまいとは言えないけれど、一生懸命描いてくれたんだろう。

「う、うぅ……っ」

千冬くん、千冬くんっ、千冬くん……っ。

手紙を胸にキツく抱きしめながら、その場にうなだれる。

「うわぁぁぁ……っ！」

会いたい。今すぐ会いにいきたいよ。

千冬くんがこんなにも私を想っていてくれたなんて知らなかった。

嬉しいはずなのに悲しくてツラい。

『ありがとう』を言うのは私の方だよ。

最後まで千冬くんは立派に自分の病気と向き合った。悩み苦しみながら、頑張って必死に生きたんだね。

そんな千冬くんは誰がなんて言おうと強い心の持ち主だった。そんな千冬くんのことが大好きで、まだこんなに苦しいのに……。

「『忘れて』なんて……言わないでよ……っ」

千冬くんの温かさと優しさが心の奥を刺激する。

ほしかった千冬くんからの『好き』。愛《いと》しくて嬉しくて、だけどたまらなく切ない。

今はまだ笑うなんてできない。

でも私が笑うことを千冬くんが望んでいるのなら、いつの日かまたそんな日が来ればいいと願う。

風がサーッと通り抜けた。恐る恐る体を起こすと、無数の桜の花びらがあたりを舞った。まるで泣くなと言ってるように。

この世界に千冬くんがいない。

春が来て桜が咲くたびに私は千冬くんを思い出すだろう。

たとえ千冬くんが隣にいなくても、一緒に過ごした春を、これまでの思い出を大切に毎日生きていく。

後悔ばかりの日々にさよならをして、胸を張れるようになったら……笑って桜を見上げよう。

挫《くじ》けそうになったら上を向いて、空にいる千冬くんを想いながら思いっきり笑う。

そうすればきっと大丈夫。私はまた頑張れる。

千冬くんが好きだと言ってくれた自分でいたい。だから明日からは、ほんの少しだけ上を向いて歩いてみよう。

涙を拭い、快晴の空を見上げた。

太陽から日差しが降り注ぎ、それは千冬くんの腕の中の温《ぬく》もりにとても似ていた。

励ましてくれているのかな。

「ありがとう……」

これからもずっと、きっと忘れることはない。

ねぇ千冬くん、ずっと永遠に大好きだよ。

二ヵ月後。

私は深呼吸をして美術室のドアをノックした。中から「はーい」と明るい声が聞こえて、体が固まる。負けるな、頑張れ、私。自分を叱咤《しった》激励してから、ドアノブに手をかけた。

「し、失礼します」

ここへは授業だったり千冬くんへの絵を描くときだったり、何度もきているはずなのに、改めてとなると意外と緊張する。

「今日から入部することになった二年の小山内です。よろしくお願いします」

ペコリと頭を下げると、どこからかクスクス笑う声が。

「あ、ごめんね。部長の森《もり》です。いつ入部してくれるかなってずっと楽しみにしてたんだ」

部長の森先輩の声に、周りにいた数人が同意するように頷いた。

「めちゃくちゃ頑張って描いてたよね。鬼気迫るような必死な顔でさ」

今いる二年生と三年生は数ヵ月前、私が美術室の隅っこで絵を描いていたことをしっかりと覚えていたようだ。気配を消して目立たないようにしていたつもりなのに、ひとり黙々とやってたことで逆に目立っていたらしい。

「よっぽど絵を描くのが好きなんだなって思ったよ」

森先輩は眼鏡の奥の瞳を優しく細めた。私も緊張気味に笑顔で返す。

「はい、好きです。だから一生懸命頑張ります」

もう一度頭を下げるとみんなが拍手で歓迎してくれた。

そのことにホッとして息を吐く。絵を描くことが好きだと今なら胸を張って言える。

それを思い出させてくれたのは千冬くんの存在だ。千冬くんがいてくれたから、絵を描くことの意味を思い出した。私は私の絵で色んな人を笑顔にしたい。

最後に千冬くんが笑ってくれたように、見る人の心に寄り添えるような絵を描きたい。

私の絵で幸せになってくれる人がひとりでもいれば、描くことに意味はあると思うから。

イーゼルの前に座り、真っ白なキャンバスに向き合う。

美術室の窓から校舎の屋上が見えた。

ねぇ、千冬くん。

まだまだツラくて泣いてばかりの私だけど、もう心配はしないでね。挫けそうになることもあるけど、ちゃんと現実を受け入れて少しずつ前に進んでいるからさ。

いつまでも心配させるわけにはいかないから、安心してくれていいよ。

俺のことは忘れてって千冬くんは言ったけど、忘れるなんてできない。大切な思い出として胸の中にしまっておく。千冬くんがいたこと、何があっても絶対に忘れたりなんかしないよ。思い出すだけで、こんなにも胸が熱くなるんだもん。いい思い出も悪いことも全部、私たちが一緒に過ごしてきた証《あかし》だと思うから。

パレットに絵の具を載せて水で薄く溶いていく。これをキャンバスに載せていく時のワクワクがたまらなく好き。

さーて、何を描こうかな。

記憶を探りながら千冬くんとの思い出を辿《たど》る。

筆を握り、絵の具を取ってそれをキャンバスに載せた。

この絵が完成する頃までに、今よりもっと笑えるようになっていればいい。そう願いながら、私は絵の具を塗り広げた。

十年後の桜

きみがいなくなって、何度目の春を迎えただろう。

年を重ねるごとに昔の記憶は薄れていくけれど、あの日、あの瞬間のきみの姿だけはいつまでも色褪《あ》せない。手を握り返してくれた感触や最期の表情、あの日の出来事が今でも、昨日のことのように思い出せる。

こんなことを思うのも変だけど、千冬くんは今頃どうしているのかな。死んだら姿形はなくなるけれど、魂だけは存在してるって信じてる。いや、信じたいんだ。だってそうでも思わなきゃ、今でも千冬くんを思い出して苦しくなってしまうから。

「みんな、おはよう」

「あー、小山内さんだぁ！」

「おはよーございまーす！」

四人部屋の隅々から元気な声が飛んでくる。出入口の正面には大きな窓があり、カーテンは開いている。その先ではそよそよと桜の木が気持ちよさそうに揺れていた。

あれから十年という月日が流れても、桜を見ると一番に思い出すのはきみのこと。窓の外に向けていた視線を戻し、軽く微笑む。

「さぁ、今からお熱測ったりするよ」

「はーい！」

ここは千冬くんが入院していた病院の小児病棟。高校卒業後、私は看護大学に進学し、看護師の資格を取得した。働きはじめて四年目の今、日々業務に追われながらも、充実した毎日を送っている。看護師になろうと思ったきっかけは、やっぱり千冬くんの存在が大きかった。将来のことを考えるようになった時、彼のように苦しんでいる人の力になりたいと自然に思えた。まるでそうなるのが当たり前であるかのように、私の中にスーッと落ちてきたんだ。

「ねぇねぇ、次はうさちゃんの絵を描いてよ」

一人の女の子が目をキラキラさせながら言った。

ベッドの周りには画用紙に描いた動物の絵が数枚飾られている。

「もちろん、いいよ」

「やったー！」

私の絵が子どもたちの力になるのなら、それ以上のことはない。

絵を描きつづけられているのは千冬くんのおかげ。千冬くんとの絆《きずな》のような特別なものが私の中にある。

命に関わる現場だからツラいこともあるけれど、元気になって退院していく子を見ると、この仕事を選んでよかったなと思える。何よりも子どもたちの笑顔が大好きで、その笑顔に支えられていると言っても過言ではない。

「会いたいなぁ……もう一度」

絶対に叶《かな》うわけがない願いを口にする。わかってる、わかってるんだ、そんなこと。でも願わずにはいられない。今でも千冬くんは私の心の大半を占めている。忘れるなんてできっこない。

普段はここまでじゃないのに、桜の季節になるといつもよりも悲観的になってしまう。どうしたって千冬くんの最期の姿が頭から離れない。たかが十年、されど十年、まだ十年、もう十年。これまで長かったような、あっという間だったような、そのどちらにも当てはまるという、表現しがたい感覚だ。でもね、胸が苦しくなったとしても、もう涙は出ない。自分ではまったくそんなふうに思わないけれど、それほど強くなったってことなのかな。

窓の外にひらひらと舞う桜吹雪を見る。水色の色鉛筆で塗りつぶしたかのような快晴の空が目に飛び込んで来た。突風によって舞い上がる桜の花びら。可愛い薄ピンクの花びらが、真っ青な空に溶けて天に昇っていく。

「わぁ、きれい」

なんだかそれだけで心が温かくなったような気がした。

「風里、こっちこっち！」

病院での仕事を終え、最寄りの駅に到着すると、改札の前でるいが大きく手を振った。

長い髪をひとつにまとめ、パンツスーツでビシッと決めたるいは製薬会社でバリバリ働いている。


「お待たせ、ごめんね」

「あたしも今来たところだよ」

お互い仕事が忙しく、年に数回しか会えていない状況。それでも会えばブランクなんてまったくなく、一瞬で高校生の頃のような関係に戻れてしまう。今でも変わらない私の大好きな親友だ。

「おーい、お待たせ」

そして最後に小走りでやってきたのは久住くん。今日この日だけは、どんなに仕事が大変だろうと毎年必ず三人で集まっている。

「もう十年って早いよなぁ」

高校生の頃とは違い、大人っぽくなった久住くんがメニューを見ながら何気なくつぶやく。

「そうだね、ほんとあっという間だった」

隣に座るるいが、神妙な面持ちでそう返した。

「私は長かったような気もするけどね」

感じ方はみんなそれぞれ。だけど抱える思いは同じ。私たちの中で千冬くんは今でも大切な存在だってこと。

「えー、飲み物がきたところで改めまして」

それぞれがグラスを持ったタイミングで久住くんが言葉を続ける。

「千冬、誕生日おめでとうー!　カンパーイ!」

「おめでとう!」

「カンパーイ!」

グラスを交わし、飲み物を口に運ぶ。今日は千冬くんの誕生日。命日でもあるけれど、悲しい会にしたくなくて、誕生日を盛大にお祝いすることにしている。誰が決めたわけでもないが、この日だけは約束しなくても毎年必ずみんなで会ってカンパイをする。もちろん千冬くんの席もあって、彼の分の飲み物もオーダーするのだ。自己満足だけど、四人でお祝いしている気分になり、千冬くんの存在を近くに感じられる。

千冬くんが亡くなって最初の数年は思い出話をするのもつらかった。だけど今は千冬くんといて楽しかったことや、ふとした時のこと、くだらないバカ話や、ささいな話まで、なんでもできるようになった。千冬くんとの思い出がありすぎて、時間はあっという間に流れていく。思い出の共有をすることで、千冬くんと過ごした日々が鮮明に頭に蘇《よみがえ》る。ああ、こんなこともあったな、あの時はこうだったなって、再認識させられ、ますます千冬くんのことが好きになるんだ。

「それにしても風里ちゃんは相変わらずだよな」

アルコールが回っても回らなくても、久住くんのハイテンションは変わらない。

「相変わらずって？」

ほどよく酔っているであろうるいが小首をかしげる。

「モテるのにまったく男っ気なし！」

「そ、そんなことないよっ」

「いーやいや、そんなことありすぎるから」

「もう、久住くんってば酔ってる？」

久住くんは私が働く病院で理学療法士として勤務している。部署が違うのでほとんどど会わないが、それでも他部署の色んな噂を私も耳にすることが多い。もしかしたら、私の知らないところで私の噂をされているのだろうか。男っ気がないというのは事実だけど……。

「別に無理して彼氏を作れって意味じゃないよ。でもまぁ、俺は千冬の親友として、風里ちゃんの幸せを見届ける義務があるから」

「純ってば、毎回同じこと言ってるよね」

あははと笑い飛ばするいにつられて、私も笑う。この手の話題は、これまでのらりくらりとかわしてきた。多忙すぎてそれどころじゃなかったのもある。でも一番は、千冬くん以上の人がまだ現れていないから。ううん、違う。私の中にまだ千冬くんの存在が色濃く残っているからだ。みんなで色んな話ができたとしても、胸に秘めたこの想いだけは言えない。だってこれは私だけの大切な想いだから。ポケットに入れていたハーバリウムのキーホルダーをギュッと握る。すると、千冬くんの笑顔がまぶたの裏に浮かんだ。

店を出て三人で夜道を歩く。夜空には満月が浮かび、あたりはかなり明るい。駅までの道すがら、るいが不意に口を開いた。

「あたしは風里のしたいようにしていいと思うよ。無理に忘れる必要なんてないからね？　あたしはどんな風里でも応援してるし、一番の味方だから」

いつでもどんな時でも、るいは私がほしい言葉をくれる。言わなくてもきっと、私の考えなんてお見通しなのかもしれない。

「それはもちろん、俺だってそうだよ」

「ふふ、うん」

ありがとう、二人とも。私には心強い味方が二人もいてくれる。それってすごく幸せなことだよね。いつになるかはわからないけど、二人に幸せな姿を見せられたらいいな。その時は千冬くんに笑って報告するからね。そしたら少しは安心してもらえるかな。だから今はまだ千冬くんを想っていていいかな？　許してくれる？

サーッと風が吹いたかと思うと、どこからか桜の花びらが飛んできた。ひらひらと宙を舞う一枚の花びらが、ちょうど私の肩へと落ちる。

千冬、くん……？

もしかして返事をしてくれた？

思わず空を見上げると、桜の花びらがきれいな螺《ら》旋《せん》状に舞っていた。

それはとても幻想的で、まるで千冬くんが「許してやるよ」と言ってくれているようだった。

あとがき

こんにちは、ｍｉＮａｔｏと申します。

初めましての方もそうではない方も、この本を手に取ってくださり、ありがとうございます。

私はあとがきを書くのがとても苦手なのですが、他の作家さんの本を読んだとき、物語が終わってしまうさみしさを感じつつも、あとがきがあると『ああ、まだ終わってないんだ』と嬉《うれ》しくなります。

とても恐縮なのですが、一人でもそのように思ってくださる読者様がいてくださることを願いながら、こうしてあとがきを書かせていただいています。

そしてあとがきでは毎回書くのですが、このお話はいかがでしたか？

臆病者《おくびょうもの》の風里《ふうり》と人気者の千冬《ちふゆ》。

二人はそれぞれ抱えているものがあって、悩み考えながら関わることで成長していきました。

誰にだって悩みはあると思います。それが大きいか小さいかは別として、頑張る気力がなくなったり、居場所がないと感じる方もいるでしょう。

私にも生きていくのが嫌になり、周りが敵だらけに見えて心を閉ざしてしまった時期がありました。全てに絶望して光なんて見えない。自分がいる世界から逃げ出したくなることは、きっと誰にだってあると思います。

そんなときに思ってもみない人の存在が頼りになって、勇気付けられることも少なくありません。

けれどそれはいつもあとになって気づかされることが多いです。暗く沈んでいるときは思考もとらわれがちで視野が狭くなってしまうもので、周りなんて見えなくなるからです。それがだめだというわけではありません。それでいいんです。この世に完《かん》璧《ぺき》な人はいません。人は常に考えながら生きていく生き物だと私は思っています。落ち込むこともあればその逆もあって、人生って本当にめまぐるしいですよね。楽しいことだけが永遠に続けばいいと私もつい思ってしまいがちです。

落ち込んだり悩んだり、生きていくのが嫌になったり逃げたかったり、どうすればいいかわからなかったり。そんな時間があってもいいんです。それをだめだと思わず、そんな自分も自分なんだと認めてあげると少し楽になるかもしれません。実際私がそうでした。

そのときは、ビックリするほどささいなことがきっかけで解決することもあるんだなぁと思いました。

人生って本当に何があるかわかりません。でも一つ言えるのは、ずっと同じ状態が続くことはないということです。

どこかできっと救いの手が差し伸べられるはずです。

今はそれに気づかなくてもいい。いつか自分の人生を振り返ったときに気づけたらそれでいいと思います。


このお話では『命』の他に『生きる希望』をテーマに執筆しました。

お互いの存在が光になって、支えたり、支えられたり、ときには衝突することも。

でもお互いを想っている気持ちは変わらない。

二人の結末はハッピーエンドとはいえなかったかもしれませんが、一生懸命悩んで、考えながら生きたのだと思います。

ですので私自身としては、この結末でよかったと思っています。

最後になりましたがこの本の出版に携わってくださった担当編集様、イラストレーター様、そして関係者の皆様にこの場をお借りしてお礼申し上げます。

最後まで目を通してくださった読者の皆様に最大級の愛と感謝を込めて。
本当にありがとうございました。

miNato

文庫版あとがき

こんにちは、ｍｉＮａｔｏです。

初めましての方も、そうではない方もこの本を手に取ってくださり、ありがとうございます。

このお話は過去に単行本にて出版したものを文庫化させていただいた作品です。

もしかすると、手に取ってくださった方の中には単行本で読んでくださった方もいらっしゃるかもしれません。本当にありがとうございます。

こうして新たに文庫として生まれ変わり、多くの方に読んでいただけて大変光栄です。

文庫化するにあたり、番外編を書かせていただきました。

千冬がいなくなった十年後の世界で、風里がどうしているのか。ほんの数ページではありますが、楽しく書くことができました。

前を向きつつも、まだまだ千冬を想う風里。たとえいなくなったとしても、大切な人の存在は胸の中にちゃんと残っている。時間の経過とともに色褪《あ》せていくけれど、その人の存在が消えることはきっとない。いつまでも大切で大好きな人。

風里の中で千冬はそんな感じです。

もしかすると読者の皆様の中にも、そんな大切な方がいらっしゃるかもしれません。たくさんの思い出があるからこそ、いなくなったときに余計につらくなりますよね。だけど必ず前を向ける日がきます。つらさや寂しさを乗り越えて、強くなれる、変われる。人間にはそんな力が備わっていると思います。

このお話ではそんな等身大の風里の姿を描きました。風里と一緒に悩んだり苦しんだりしながら、ときにはキュンとしたりドキドキしたり。まるで自分が主人公になったかのような気分で書き上げました。

読者の皆様にもそのような形で楽しんでいただけていたら幸いです。

長くなりましたがここまで読んでいただき、ありがとうございました。

最後になりましたが、この本の出版に携わってくださった方々、読者の皆様に心より感謝申し上げます。

miNato

本書は、二〇二一年四月に小社より刊行された単行本を加筆修正のうえ、文庫化したものです。

「十年後の桜」は書き下ろしです。

100日後《にちご》、きみのいない春《はる》が来《く》る。

miNato《みなと》

令和5年 12月25日　初版発行

発行者●山下直久

発行●株式会社KADOKAWA
〒102-8177　東京都千代田区富士見2-13-3
電話　0570-002-301（ナビダイヤル）

角川文庫 23937

印刷所●株式会社暁印刷
製本所●本間製本株式会社

表紙画●和田三造

ISBN 978-4-04-113880-9　C0193

◇◇◇

角川文庫発刊に際して

角川源義

第二次世界大戦の敗北は、軍事力の敗北であった以上に、私たちの若い文化力の敗退であった。私たちの文化が戦争に対して如何に無力であり、単なるあだ花に過ぎなかったかを、私たちは身を以て体験し痛感した。西洋近代文化の摂取にとって、明治以後八十年の歳月は決して短かすぎたとは言えない。にもかかわらず、近代文化の伝統を確立し、自由な批判と柔軟な良識に富む文化層として自らを形成することに私たちは失敗して来た。そしてこれは、各層への文化の普及滲透を任務とする出版人の責任でもあった。

一九四五年以来、私たちは再び振出しに戻り、第一歩から踏み出すことを余儀なくされた。これは大きな不幸ではあるが、反面、これまでの混沌・未熟・歪曲の中にあった我が国の文化に秩序と確たる基礎を齎らすためには絶好の機会でもある。角川書店は、このような祖国の文化的危機にあたり、微力をも顧みず再建の礎石たるべき抱負と決意とをもって出発したが、ここに創立以来の念願を果すべく角川文庫を発刊する。これまで刊行されたあらゆる全集叢書文庫類の長所と短所とを検討し、古今東西の不朽の典籍を、良心的編集のもとに、廉価に、そして書架にふさわしい美本として、多くのひとびとに提供しようとする。しかし私たちは徒らに百科全書的な知識のジレッタントを作ることを目的とせず、あくまで祖国の文化に秩序と再建への道を示し、この文庫を角川書店の栄ある事業として、今後永久に継続発展せしめ、学芸と教養との殿堂として大成せんことを期したい。多くの読書子の愛情ある忠言と支持とによって、この希望と抱負とを完遂せしめられんことを願う。

一九四九年五月三日